小文艺·口袋文库

小说

成 为 你 的 美 好 时 光

小文艺·口袋文库

小说

城市八卦

奚榜

上海文艺出版社

目
录

———————

入侵

城市八卦

入侵

一

素问去接儿子的时候，一位陌生女人向她打了个招呼。招呼从风华小学门前的家长群中冒出，不是大街上八竿子打不着的人。素问隔着几个脑袋，把对方送过来的"您家好"，还回一个礼貌的微笑。从此后，这女人就经常在人堆里，大声对着素问喊，您家好。素问不得不每天还她一个礼貌的微笑。

素问以为她认错了人,笑得有点无可奈何。

素问笑到第七次的时候,陌生女人不甘于隔着几个脑袋打招呼了。她在某一天的傍晚挤过人堆,来到素问身边,劈手抢过她的挎包,一把就挎在了自己的肩上,大声说,看你瘦成那个样子,包都抵你半个人了,还是我来帮你背吧。

包里有一部磨损很厉害的摩托罗拉 V680 手机;还有一支透明的曼秀雷敦润唇膏;钱包里的钞票,素问永远不清楚具体数字。估计在千元之内,超不过她十天的工资;占最大体积的,刚刚在办公室打印好的一沓稿子,是素问花了半年功夫做的论文——《被指认的卡夫卡》,准备投国家级的学术刊物。

素问条件反射一样,拼了老命,企图把挎包重新抢回来。女人便有点不高兴了,她嗔怪素问说,你太客气了。我身体好得很,不要说帮你背到放学只有十来分钟了,就是背一天,也不会让我喘口气。

声音像夜半大笑的鸮。

素问和周围的几个人，暗暗闪开了一个小圈子。陌生女人在这个小圈子的中间，再次成功地，从素问手上抢过了她的麂皮挎包，挎在了自己肩上，冠军似的笑着，您家太客气了呀。

素问讪讪看着自己的包，不得不收回双臂，抬起头，焦灼地看了眼校门上面的大钟。

陌生女人的面色在提前亮起的青色路灯下面，朦胧透出大面积的红润。不晓得是胭脂，高原红，或者高血压，甚至只是两块肝斑。素问问她，你认识我？

女人就说，早认识你了。过去，我们的孩子上同一家幼儿园，现在，又上同一所小学。素问便松了口气，说，原来孩子们早认识了。女人却说，哪里认识。幼儿园不在一个班，上小学还是不在一个班。两人一对孩子们幼儿园和小学上的班级，果然素无交关。

素问就奇怪了，那你怎么认识我？

女人就"呵呵"笑了，有点不好意思地说，其实，我注意你已经很久了。你每天等在幼儿园门口，谁都不看，哪个也不打招呼，傲慢得很。女人压低了嗓门，补充道，我跟别的家长，在背后议论你好几年了。素问听了，不由得"扑哧"笑了，说，不至于吧。话音刚落，却见女人顾自从裤兜里掏出一部手机，哇里哇啦，大声武气地打了个电话。

玉兰，玉兰，是我呀，告诉你一个好消息，我跟那个花姑娘接上头了。哪个花姑娘，你搞忘记了，就是在幼儿园门口谁都不理，穿得花花绿绿那个。哦哟，想起来了吧，我现在跟她成好得不得了的朋友了，我肩头上还帮她背着包呢……

女人只顾说着话，声音惊动了学校门口的所有家长，大家都别过头，好奇地看着她电话里介绍的那个"花姑娘"，汉江大学的副教授素问被臊得满面通红。

最近些年，素问迷恋上了布波的着装风格，那些花了大力气搜集来的古摩洛哥风格的袍子，帕米尔披肩，埃及手镯什么的，竟然把自己搞成了个"花姑娘"，这是她没想到的。

虽然尴尬，虽然意外，看到自己开口说了

几句话，就把陌生女人激动得眸子发光，像见到刘嘉玲张曼玉似的，素问又有些感动。在汉江大学，同事们招呼她的声气都非常亲切，完全比照了雷锋日记里那种"春天般的温暖"，同事们的眼睛里面，却没有一星半点闪光。从来没有。

素问当天一激动，就满足那女人的要求，把自己的手机号码，输在了对方的手机上面。

在此以前，素问的号码只有系里的领导、她的前夫以及儿子的老师才知道，这全是一个人活在世界上，泄露手机号码最必须的渠道，简直就跟责任一样。

素问从前那个记录过若干号码、同时也被若干号码记录下来的手机，有一天被她丢进了一个宇宙黑洞一样的窨井。素问是在一种很膨胀的情绪下丢进去的。那是一部经典的诺基亚3210手机，灰黑冰凉的小板砖，活活被素问摸出了一种肉感。跟摸儿子的小脚丫子一样。尤其是它惊炸鼓响、三不知把同事们吓得扯筋的、所谓的"蓝领铃声"，却曾经在素问这里，跟一切风，一切月，一切花，一切草，一切跟喝酒吃肉，炒菜放盐不打搅的事情有关。

前手机几乎是某段人生的形象代言，素问到底还是把它扔进了窨井，与臭水污泥、老鼠子孑为伴。素问却感觉自己把自己，也丢进了窨井。

有段时间，女教师常常在起床的时候，闻到自己的身上，隐隐有窨井的味道。她一天洗两次澡，还是躲不过这个味道。她气得在电脑面前工作的时候，狠狠用智能输入法敲着"窨井"两个字，要扇它耳光似的，电脑却很不合作，次次跳出来的，都是醒目的"阴茎"。

二

陌生女人的电话，在晚上八点打来。素问的儿子已经在卧室里扯开了小小的鼾声。都是一年级孩子的妈妈，对方好像心知肚明，晚上八点到睡觉前，是素问最闲暇、最空虚的时间。

电话里一声长长的"哎"打头，没有姓，

没有名，好像她晓得素问的姓名，是上辈子就开始的事情，根本不需要问。

哎，你在干什么？

没，没干什么。

你儿子睡了？

是的，你儿子也睡了吧？

你在等老公回家吧？

素问没有做声。女人就说，哎哟，是要开始工作了吧？

我晚上不工作。

我指的，是床上的工作。

素问一听，马上在电话这头红了脸，说，我……我晚上……是一个人。

女人就惊叫，哎哟，哎哟，好羡慕你哟。我那个鬼人等会就要回来了，我那个鬼人……呵呵……真是不好意思跟你讲呢，我那个鬼人，那个事情，汪着搞。

"汪着搞"是本地的土话，有点"饥饿的人扑在面包上"或者"饿狗抢屎"之类的意思。素问从来没有碰到一个人，而且是一个刚刚认识的人,这样坦白地向她透露自己的房帷秘事。素问的心,就吓得跳出了水泵的频率,好半天才回过神来。

女教师小声企求说,没有什么事情,我就挂电话了?没想到,哈哈笑着的女人,却陡然在电话那头,抽泣了起来。素问连忙问她怎么啦,女人止了好半天眼泪,才告诉素问,她其实是特意来向她求助的。女人说,我观察你好几年了,我晓得,像你这样穿得疯疯癫癫的,都是学过心理学的文化人。女人要素问运用心理学知识,帮她解决一些问题,就像那些午夜电台一样。

素问问,什么问题?

女人就说,那方面的问题。

素问问哪方面的问题。女人就说,不是刚刚才提到了吗?

素问恍然大悟。她本想拒绝,却奇怪地,咽了咽口水,终于没有说出口。

这只是个小小的试探。素问的默认成了女

人的通行证。后来，女人就放心地，在每晚八点准时打来电话，开始战战兢兢，然后大张旗鼓，最后，甚至得意洋洋地，有计划，有步骤地，向素问提了若干性的问题。这其中包括她那个汪着搞的鬼人的阴茎勃起后将近 N 寸，是不是超过了普通男人；也包括她那个鬼人最多的一个晚上，连续要了 N 次，是不是不正常；还包括她那个鬼人在吃饭，洗澡，甚至访友，郊游的时候，也想要这个事情，是不是过分；甚至包括她那个鬼人，搜集了满满一柜子的色情碟子，天天晚上播放研究，涉不涉嫌违法的问题。等等。等等。

电话那头略显慵懒暧昧的声音，向素问敞开了一个陌生的世界。那个世界里，有个浑身长满了阴茎的男人和一个只长了一个阴道的女人。那个世界里的一切，对着素问无遮无拦，纤毫毕现地开放。

汉江大学中文系的女教授永远也想不通，自己为什么在听到这些荒诞的、令人呼吸不得不改变的、甚至有极大的下流倾向的问题时，没有果断地放下电话，反而尽量压抑下了自己的心跳，以一个专家的、低沉的、关心的口吻，向电话那头的那个她，一一仔细地、很有逻辑性地，回答了那些问题，并且像电视里那些情色话题的主持人一样，韬光养晦，努力显得不把性问题当作问题的样子，两颊的肌肉，却在人眼不能分辨的领域，轻微地颤抖。

再在校门口见面，素问有点不敢看女人的眼睛。这全在于她们在电话里头，探幽入微地，过多地讨论了性事的缘故。尽管女人高举着无知者和受害者的旗号，素问也顺手牵羊地，像大多数知性女那样，把金西、海特等外国老头老太婆拉出来，做自己的挡箭牌：说了什么，都不是她说的，是那些死去或者活着的外国人说的。

素问好像两个人讨论的是她自己的隐私，有点在那女人面前脱光了衣服的感觉。虽然从道理上晓得，自己是在学雷锋，名正言顺帮人解决问题，却也像小时候第一次被母亲带进公共澡堂那样不适应。母亲三把两把剥光了素问的衣服，还打了她捂着私处的手，硬要说她不满七岁就装模作样,什么没学会,就学会了矫情。母亲说，把你西瓜一样切开摊在这里，也没有人愿意看你。你黄瓜还没起蒂蒂呢。女人跟素问因肺癌过世的母亲一样，理直气壮，倒好像真的是她，而不是素问，晓得了对方无数的房帏秘事。

女人挤过来，再次抢过素问的麂皮挎包，挎在了自己的肩上，对素问说，其实，昨天晚上我还有个事情没搞清楚……素问看了看周围密密匝匝的人头,连忙小声打断她说,晚上再说,晚上再说，好吗?

素问说完，恨不得要抽自己的嘴巴。她又邀请她了。她邀请她晚上继续咨询她。她纵容了对方，也纵容了自己。素问暗暗叹了口气。女人却对她眨了眨眼睛，并且伸出手，在暗中握了她一握。完全是茫茫人海里，有缘签订了一份大宗合同的两个人。

麻麻黑黑的天色中，对方梳着马尾巴，穿着牛仔裤和夹克衫。素问自己则一头乌黑的直发，不依不饶地，一直披到腰际。大家都是尽量靠近少女的打扮，也寻找不到鱼尾纹和火鸡脖子，但两个人塌陷下去的太阳穴和高耸的颧骨，却硬要把年龄这个东西，暴露无疑。

素问再次叹了口气，瞟了眼别人肩头上，自己的包包。

三

很多年前，有个男人也曾经很深入地跟她探讨过性的问题。

那是素问刚刚生下儿子那会，激素让她像生命鼎盛期的浆果一样，看似平淡，个中之人却晓得，用指甲随便掐她任何地方，立马就会汁液四溅。

这个任何地方，包括她的肉身，也包括她的精神。

素问像乘上了一辆特快列车，尽情地追赶这个城市，这个文化圈任何挤得进的聚会。她每次精疲力竭地在半夜推门回来，总对打着瞌睡、抱着嗷嗷待哺儿子的老公说，这座城市，没有一个像样的男人和女人。

老公便说，那你就不要出去聚会了嘛。

素问扔了高跟鞋说，人在江湖，身不由己。

做老公的哼了哼，把儿子塞到素问胸前，说该喂喂了，转身就走开了。

不出他的推测，做妻子的第二天，还是照样人在江湖，身不由己。

素问在那些人声鼎沸的饭桌旁，KTV 的包厢里，山山水水的宾馆中，早已历练得尽数掌握女人优雅内敛的若干套路，目光熠熠地在人堆里维持铁一样的沉默。有人没人注意，都仿佛头顶上警醒着镁光灯。一切都仿佛是默片，但她不断摇晃的夸张的异族风格的耳环，暗中起伏不均的胸脯，极力用来掩盖理性的清纯目光，偶尔用肉中带骨的口气提起的自留地——关于卡夫卡的研究，却把她喧闹的猎手心迹，不小心暴露无疑。尽管她写了篇使用大量词语的美文，在本地的报纸副刊上说，《我只是等待真爱的狐狸》。

大家围着这个长着两颗龅牙、胸脯却美得可以做内衣广告的女人，说了无数半真半假的话，牵了无数半真半假的手，甚至有家杂志的男主编，还一时兴起，在扉页上挂了她或托香腮，或捂玉胸的艺术照，撰文介绍她说——我们的美少女文艺理论家。文章有意回避了素问确切的出生年月。那期杂志销得出奇地好，大多数被认识素问的男人买了去。这些人把杂志看完后，压在了枕头下面，有空闲的时候，也顺眼反刍一段。遇到熟人，也把素问的名字挂在嘴边，很兴奋地介绍给别人听。

这个城市的文化界，不晓得素问跟不晓得鲁迅一样离奇。私下里，却没有一个男人单独约她见面。男人们隐隐有点害怕惹上她，个别不怕的，素问又避之如炸弹，说人家是流氓无产者。

素问对一些女性朋友说，我们这座城市的文化男人，都是小男人。那些被她称为小男人的人却引用鲁迅先生的话说，贾府的焦大，决不会爱上林妹妹。

彼此背后乱说完了，素问仍然蓬着劲参加这些小男人的聚会，而这些小男人，也都觉得，有素问的地方，吸引力翻了倍。奇怪得很，风到这里就是黏。原来人心也是分格、分层的。素问抢不了制高点，在异性那里，总归还是占了一格。直到那个人出现了：简洁的范思哲便装，李维斯501版的牛仔裤，刚刚睡醒样的单眼皮，一直微笑着，大有深意似的。他对素问说的第一句话，是拾了乔治·巴塔耶的牙慧。承认色情就是承认生活，直到永远。

四

实际上，跟好多同龄、同学历的女性一样，素问这几年，越来越洁癖。原先蓬着暗劲参加的各种聚会，现在却一概推辞。多推几次，人家也就不通知她了。再推脱几次，大多数人也就杳无音讯了。现代人本来就经常换手机，换的时候，也没人觉得应该通知她了。她换的时候，也觉得没有人要通知了。偶尔在商场碰到那些人，也只是远远隔着陌生人的脑袋打个招呼，好像人家根本就没有在某个半醉半醒的时候，当着众人拉着她，半真半假地问，素问，要什么时候我才有机会？

素问最后一次推脱，是几年前的事了。那天她在电话里，对邀请她参加饭局的人说，我干吗要去吃别人的口水。这句话后来被人家传了出去，搞得圈子里的人，一段时间都没有胃口。大家都说，素问活小了。这是大家最后一次提到素问。

不到二十四小时，素问那个在社交格局上有点众星捧月的位子，被一个同样三十多岁的美少女作家霸占了去。那女人不研究卡夫卡，却在全国一些发行量最大的期刊上开辟栏目，专门教城市女性怎样不说一句话，就让同事和亲友们晓得，自己破破烂烂的牛仔裤下面，其实是布波族的底牌，CK 蕾丝内裤。

素问不仅不愿意吃口水，也不愿意吃口气。但是这个世界上，却人人都有口气。尤其是男人，几乎成了口气的代名词。

素问真是奇怪哪，过去的三十多年，她竟然没有发现这个秘密。父亲在世的时候，一看见她腮帮子上沾了墨迹，就走过来扳定她的肩膀，往她脸上一边哈气，一边帮她擦。在她的记忆里，父亲是仙人，想都没有想到口气这回事。当然，这是她二十岁以前的事了。父亲在她二十岁的生日过后没有几天，就被一辆载钢筋的货车拖死在了马路上。车厢里支棱出来的钢筋拖走了父亲，整整拖了三十几米那个粗心的司机才发现。素问不愿意去想这一截，她只是觉得，过去的人都好像没有口气，那个长期凑到她的眼皮子下面、用指甲指点着她的作业本、为她一遍遍讲解几何题的男教师，口气几乎像百花酿成的极品蜂蜜一样。

素问每次都张大了鼻孔，使劲地呼吸。

就是她的前夫，也曾经跟她一起挑战好莱坞经典电影的镜头，从这间屋吻到那间屋，那间屋再吻到又一间屋，耗时大约十分钟，刻意打破了电影提供的时间纪录。两个人吻完了，前夫抹着嘴唇说，你的舌头好甜。素问说，你也一样。

素问说的是真话。那一年，她还不到二十六岁，沉浸在以结婚为指向的、最像爱情的一种情感中。

扳着指头算算，素问应该是三十五岁了。人生刚刚过半。清新朴素的岁月好像一去不再复返。素问的世界，成了一个口气的世界。她每天早晨起来，最先怀疑的，其实是她自己。欧乐B的牙刷，黑人的牙膏，洁丽宝的牙线，威露士的漱口水，还有高露洁的舌苔刷，一切常用和不常用的，都用上了。听说大S每次刷十分钟的牙，素问就觉得，自己应该刷二十分钟。同时也用同样的标准，要求不满七岁的儿子。儿子现在一看到牙膏就条件反射地干呕，素问却总是把干呕的他，一把提溜到书房里，让他看墙壁。那里贴着儿子生活学习规范的"三大纪律，八项注意"，每次刷牙二十分钟，每天刷牙三次，即使中午在学校不能回家，也要坚持。

功夫下到了这个分上，素问出门，还是尽量不靠近人家两尺之内。当然了，三尺以上，是她理想的追求。有时因为客观条件的限制，不得不离人很近，素问就尽量忍耐，或者躲避。她以为自己埋得很深，不太会得罪人。可是她暗藏惊悸的目光，却把身边好多人都搞寒心了。就是把"人文精神"书写成条幅，挂在自己办公室当座右铭的系主任，跟她有过几次十句以上的谈话后，也莫名其妙地，变得有点不爱待见她了。

素问在有一个夜晚问那个女人，你的老公有没有口气？女人在电话那头沉默了一会，突然有点不高兴起来。她凶巴巴地回她说，我的老公虽然普通，虽然汪着搞那个事，卫生嘛，还是很讲究的。你不要看不起人。

素问讪讪放下了电话，她不相信女人的丈夫，会没有口气。如果这个世界上，一定要有一个没有口气的人，那也一定是他。那个惊鸿一瞥的男人。

素问决定第二天晚上，一定要拒绝一下女

人的电话。没想到，那女人竟也第一次，没有把电话打来。

素问守着冷清的电话，听着儿子热闹的鼾声。她站起身来，看了两次天空金黄的月亮，看了五次远处璀璨的大桥夜景，决定要为自己买一个电动棒。

五

女人说她的老公勃起后将近 N 寸，素问用手在空中比划了一下，觉得这个事情基本是个谎言。女人说她的老公随时随地可以产生需要，最多的一回，连续要了 N 次，素问觉得还是有这个可能。素问上大学的时候，她的上铺就曾经告诉她，在另外一座城市上学的一年未见的男友，一见她就要了 N 次，最后搞得不能按时走路去车站坐车，只好退了车票，躺在旅馆两天，差点脱阳而死。素问听说这件事情的时候，还是一个处女。她听得脸都没有红上一红，却说，你的男朋友太幼稚了。素问觉得，只有小男孩和嗑春药的人，才干得出这种事情。素问认定女人的老公，暗中嗑了春药。不过她没有把这个判断说出来。至于那满箱满柜的 Y 碟，素问觉得这是很正常的事情。现在的男人跟大熊猫一样，那个事情退化得很厉害。

Y 碟是人类在治疗那个事情上优越于大熊猫的一种手段。

综合分析，素问有点搞不清女人的老公究竟是个色情狂，还是一个虚张声势的家伙。女人的话，究竟有多少成分可信？假如有夸张和虚构的成分，女人又为什么要这样做呢？她跟她素不相识，是她一把抢过了素问的包包，又硬要把自己最隐秘的事情，急不可待地，全盘托付给她。女人这样做，难道有什么好处？

素问坐在电脑面前，一连抽了好几支烟，却越想越糊涂。尤其是女人的老公，虽然没有打过交道，但在女人探幽入微、几乎有点接近不知廉耻的讲述中，他的形象已经高大丰满，有血有肉。素问在想象男人样子之余，也曾经把做贼样买回来的电动棒，使用了起来。有好几次，讲述中的男人在午夜的时候，凶狠地侵犯了素问。带着他 N 寸长的阴茎。虽然那感觉，也可以称得上飘飘欲仙，但是醒来后的女教师，女文艺理论家，却很理智地判断出，他配不上她的，即使在睡梦之中。甚至，她还闻到了他的口气，普通男人的口气。素问有种被强奸了的感觉。她最后站起来，掐灭香烟的时候，竟然莫名其妙地，有点恨上了那个女人——好吧，个婊子养的，你要治疗，我就帮你治疗。

素问其实晓得，自己有本事把人越治越病。

素问的前夫有一根粉红色的、塑料玩具一样漂亮的阴茎。这支阴茎也像玩具一样，在关键的时刻，功亏一篑。素问有一次在前夫的胳肢窝里告诉他，野史记载，吕不韦的阳具可以顶走一辆马车。做丈夫的从此就把自己的被子搬到了书房的沙发上面，跟素问商量儿子的奶粉，尿布之类的事情时，也开始采用中央首长的口气。素问晓得，人在最胆怯的时候，首先模仿的，一般都是大领导。

前夫是区公安局刑侦大队队长，生活中的只

言片语，蛛丝马迹，在他那里，都能找到理论上的依据。他曾经连续两年被评为本市的十佳警察。

六

另外一个男人是本市最大一家报纸的理论部主任，开着白色本田来参加聚会的他告诉素问，经常作为党的喉舌写评论文章的他，私下里研究乔治·巴塔耶已经很久了。男人说他的理想，其实是躲进小楼做学问。他说他发现人类的终极问题，其实就是色情的问题。色情里面，才有真正的生和死。而素问的研究对象卡夫卡，简直充满了孩子气。

男人还说，人最大的痛苦，是不能做回自己。

聚会散了的时候，大家都起哄似的，撺掇第一次来的男人做护花使者，送素问回家。男人就笑着说太好了，当仁不让的样子。两个人把车驶进深夜的大街时，后面还有人追着汽车，玩笑似的喊着，一定要擦出火花啊，没有火花就对不起大家啊！素问和那男人都假装大大咧咧地，没有理会。连头都没有回一下。车窗的外面有了驰骋的风声时，两个人却一前一后，突然沉默了起来。好一会儿，前面攥着方向盘的男人才说，我们找个咖啡馆坐坐。素问完全没有考虑，就说了好。

在咖啡馆里，男人再次捡起了色情的话题。他喝着拿铁，用那样干净、圣洁的语气，再次提到了乔治·巴塔耶，提到了亨利·米勒，提到了很多外国人，甚至维多利亚时期的地下小说。男人说我们这个国家，这座城市，永远视色情为洪水猛兽，我们都太落后了。男人还说，文化人最高的追求，是应该走过文化，站在一切文化的对立面。

女人忙不迭地点着头，在暧昧的灯光中，通红着脸颊，目光流转着，把身边的男人，惊为天人。趁对方呷咖啡的时候，她暗暗掐灭了包包中的手机，抵死不愿意对方晓得，几公里远的某间屋子里，有个嗷嗷待哺的鹅黄小儿，而且很可能，他的屁股上，正糊了一摊稀屎。

当天用很激昂的情绪，理直气壮地探讨了若干关于色情的理论知识后，两个人才感觉到有点累了。时间接近凌晨一点的时候，双方突然有了落寞和惭愧交织的感觉。落寞是夜晚的安静和寒气带来的，而惭愧，是彼此发现彼此，说的全是变巴变巴过来，别人的话。

男人和女人都有了一瞬间的气虚，不晓得自己在干什么，或者想要干什么。

沉默了上十分钟，男人把自己的脸刻意躲进了灯光的阴影中，半天，才幽幽传过来一句话，你晓得，我今天晚上，好想要你……

素问没有做声，眼泪却突然迸溅了出来。她想他迂回了大半个晚上，终于说了句人话。呵，见他妈的鬼吧，乔治·巴塔耶。滚回姥姥家去吧，亨利·米勒。

当然，还包括维多利亚时期的地下小说。

七

每晚八点打电话来求医的女人认为，性是

一根坚硬的棍子，总是趁人不备的时候，生生闯进别人的世界。性就是大街上骂人的那句话，我顶你个肺。虽然顶的是肺，不是别的东西，突然不被顶，还会有没有支点的感觉，肺会立马掉下来，成为腹腔里面的器官。

在前夫身体下面的素问，觉得性是沼气池里的气泡，偶尔这里鼓两点，偶尔那里冒三坨。淅淅沥沥，辨不清冷暖滋味。

在那个男人怀里的素问，却觉得性是旷野中孤独的花骨朵，暗夜中哗哗卜卜绽放成莲花，金光四射，羽化飞升。人成了安徒生笔下的美人鱼，化作泡泡是为了迎接太阳。

那个夜晚，在宾馆房间中的女教师和理论部主任，或许都看到了那朵莲花。素问用手握着对方滚烫而坚硬的那个部位时，男人的手机，却炸雷似的响了起来。

夜半无比安静的房间里，男人的手机里传出一个女人的声音，通透，娇嗔，仿佛嘴角沾满了哈根达斯冰激凌。

干吗还不回来，人家好害怕哟。

男人滚烫而坚硬的部位在素问的手里，"噗"地熄灭了，仿佛小时候，被素问不小心弄破了的气球。男人把声音调整到了最温柔、最磁性的档位，对着电话说，别害怕，我马上回来。

说完这句话，男人就弹簧似的，弹了起来，军人般专业地穿好了衣服。他甚至来不及看一眼幽暗灯光中，热汗涔涔、长发拂面、好像刚刚被人轮奸过的女人。

男人系上了最后一颗扣子，才猛然发现了素问。他坐过来，说了声对不起，想要吻她，却被她鱼儿似的躲过了。素问说，快回去吧，不要让人家担心。

男人没有接话，最后伸过手来，竟然跟床上赤裸着身体的素问，做了个最端庄、最符合社交礼仪的握手。男人握手以后，就在门口消失了。

素问听着走廊上"咚咚"的脚步声，一边流着眼泪，一边把自己的手指插进了自己的身体。

素问头脑中，还想着刚才手里握着的东西。

素问的嘴里，却小声说着，不许哭，哭了就不是人，不许哭。

素问一个人把莲花开成了金光和泡泡。

当天回家，已经是第二天的黎明。做刑侦队长的老公暗藏在门背后，伏击了素问。

男人以迅雷不及掩耳的专业身手，放倒了素问，并且从她的包包里面，赫然搜出了一盒避孕套。素问一惊，这才发现自己昏头昏脑的，竟然把宾馆床头柜上提供的东西，一并收进了自己的包包。

刑侦队长举着那印有裸体女郎的盒子，怒吼道，这是什么？！素问却镇定地爬了起来，一字一句地说，避孕套。素问说完，就用眼球，顶着对方的眼球看。

女人的回答，超出了男人的工作经验。犯罪分子往往是慌乱，狡辩，或者沉默，或者躲闪的。当犯罪分子不落窠臼的时候，警察反而有了不知所措的感觉。

素问拍了拍自己的衣服，对发呆的男人又

补充了一句，说，一盒来不及打开的避孕套。

素问说完就走进了洗漱间，打开了洗澡的莲蓬。

八

警察在三天以后，策划了一个强奸行动。

行动的时间，预定在半夜两点。警察提前找了个借口，让自己的母亲抱走了儿子。三室两厅里，只剩了作案对象和作案者。

夜风吹着窗外的悬铃木，声音混杂含糊，仿佛后现代风格的音乐，无法确切解读，无法愉悦身心，却冷不丁地，就触碰到了天地间最痛的那根神经。素问已经在绣花枕套上面，尽情地流起了梦口水，两颗龅牙在窗帘透进的微弱光线中，闪烁着没有由来的金属光泽。

素问在梦中咂巴了两下嘴巴。她的丈夫在客厅缭绕的烟雾里，狠狠掐灭了手上的万宝路香烟。

一切都是轻车熟路。虽然是第一次侵犯一

个女人，做警察的对制服对手的一套，简直比吐泡口水还要简单。

早准备好的绳子三下五除二，就把女人捆在了床上，素问的双腿和裆部，还捆成了最利于操作的姿势。蓦然惊醒的女人刚要说什么，就被一张毛巾塞住了嘴。

素问闷声闷气地挣扎了几下，就停了下来。她奇怪地看着男人，看见他掏出了自己粉红色的家伙，在温馨的台灯光线中，几乎是狰狞地，塞进了她蚌壳一样张开的裆部。

素问皱起了眉头，使劲挣扎了两下，身体的每一个部位，却十分专业地，被铁板定钉在了床上。素问不得不闭上了眼睛，等待事情的结果。

等了很久，结果却没有如约而至。

素问再次张开眼睛的时候，看见警察那个粉红色的东西，跟理论部主任的东西一样，像放空了气的气球。

他回天无力，不能按时入侵。

警察不看素问的面孔，又徒劳搏斗了好一

会儿，终于大汗淋漓地，从她身上滑了下来。

素问的眼睛里面，透露出了一丝嘲笑。警察敏感地捕捉到了。他生气地啐了她一口，说，看看你那龅牙猪的样子，哪个男人能找到感觉。你以为是我的原因吗！警察说完就冲出了素问的卧房。

他哭了，竟然忘记了给她松绑。素问晓得他在努力选择最能伤害她的语言，试图保护他自己，却无意当中，触碰到了事情的真相。

至少见识过理论部主任以后的素问，一直以为，真相就是如此。

这次经历让素问在后来为女人充当心理咨询师的时候，一口咬定，女人的丈夫，犯了"婚内强奸"的罪行。这样上纲上线，让电话那头的对方微微有些吃惊，拿着话筒，半天找不到适当的言辞。素问的心，却像沉睡了一冬的原野开了春，简直有点山花烂漫的感觉。女教师早就想要彻底破坏掉那个女人的生活。尽管不一定成功，素问也决定要试上一试。

素问一辈子没有害过人，整过人，自从她

没有由来地恨上这个满嘴谎言向她倾诉的女人后，却发现了自己其实是一个恶人。至少自己的某个部分，是个恶人。

鲜花的原野下面，历来都隐藏着粪坑。粪坑里堵满了蛆虫和孑孓，阳光下面晒一晒，反而有了说不出的畅快。

素问很正义，很冷静，很有威慑力地说，你应该去告你的老公，他违背妇女意志，长期实施婚内强奸，是犯罪行为。

九

劝说女人去告老公，并不是一件容易的事情。女人说她很怕。她说她不敢惹那个性欲旺盛的家伙。性欲旺盛的人，是这个世界的强者。她说她老公睡着了的样子，都像正在梦里啃一头牛。

夜半大笑的枭，变成了嘈嘈切切的麻雀，又变成了哆哆嗦嗦的寒号鸟。

电话这头的女教师，恨不得冲动起来骂

娘。他妈的你就直接说了吧你。其实你以你拥有一个性欲亢奋的老公而感到骄傲。你在享受他的兽性。你哪里是在倾诉，你是打着倾诉的幌子，锣鼓喧天地张扬，你的眼泪是喜极而泣，甚至是 High 大的高潮之后，那种巨大的空虚和不知所措。据说完事以后的男女，大多数都会没有由来地喋喋不休。

那女人的整个生活，就是一个巨大的"完事之后"。

素问按捺下自己的心声，很耐心地向对方举例说明。在欧美国家，女人遇到这种事情，是一定要报警的。男人会在一段时间，被限制在女人几米范围之外，直到这个男人改正为止。

素问除了去泰国看过人妖，去日本看过相扑，对其他国家，实在是所知甚少。但是素问的语气，却完全是欧美法律资深专家。

素问说，我们太落后了。你只是在争取你做人的基本尊严。你晓不晓得，你现在这种情况，已经没有一点尊严了。真的没有了。

冷不丁提出了"尊严"的问题，电话那头

有了短暂的沉默。素问断定，那女人一定红了脸。素问露着龅牙，阴森森地笑了。

她终于让她脸红了。

经过反反复复的交涉和商量，两个人决定首先把这个事情反映到市妇联。看市妇联的领导有什么建议。

素问选择了一个晴朗的星期天，把儿子送进了小学生托管中心。披了披肩，挽了发髻，穿着长筒裙，很知性很高贵地，站在市妇联的大门口，等着女人。那时已是深秋，素问的装扮让她的身子有点微微的颤抖，内心却万分镇定，像运筹帷幄的将军。她巴巴赶来，仿佛自己屋里的事情一样，就是要把这次反映，落实到声泪俱下的控诉地步，她赶来，就是要让女人的这个事情，成为市妇联近期工作的重点。她相信自己做得到的。而下一步，就是把女人引向各种媒体，就像现在电视上的各种讲述节目一样，用化名，或者不用化名，脸上打上马赛克，或者勇敢地，不打马赛克，嘴唇涂着血

腥的口红，对着广大观众，妖娆地揭发，这个
冒似公平的社会，其实处处都是男权。

素问在心里替女人选择着打马赛克，还是
不打马赛克的时候，女人已经如约前来了。

这天女人有点奇怪，她也披了披肩，挽了
发髻，穿了长筒裙，也是往知性高贵的类型靠。
看得出来她是第一次这样作盅自己，所以浑身
上下都透出一种怪异。

虽然披肩，发髻和长筒裙的款式，色泽，
质地，都有一些出入，素问还是觉得，这样的
两个人走在一起，完全是一出喜剧。

素问说，你这样打扮，哪里是受害妇女的
样子？

女人讪笑着说，平时看你这样打扮好看，
今天就学习一下。

素问叹了口气，学习？小姐，你不懂撞衫
这个词？

女人又讪讪笑着说，我不懂。我过去是做
出纳的，现在在家做全职，不太懂时尚的东西。

素问看她应答自如，目光熠熠，感到她分

明是懂。她就是要让女教师感到不自在。

素问生气地避到大门旁边的角落里，做贼似的，生怕大街上的人，注意到她们。

素问说，你先上去，三楼等我。我马上上来。等会反映完了，我们分头走。真的是很糇，你难道没有感觉。

女人笑了笑，说我是粗人，没有感觉，转身就直接进了市妇联的大门。高跟鞋在大理石的地面上凿出了热闹的笃笃声。素问在她的背影后面想了想，终于把印度风格的披肩扯了下来，花二十元盘的欧罗巴发髻，也放了满肩满背。

一阵秋风袭来，素问带着她七翘八拱的头发，哆嗦了一下。

十

素问一直有种隐隐的感觉，那女人是一条泥鳅，不容易抓在手里。她全方位开放的姿态里，藏着天远地远的距离。真要指出确凿的隔阁，素问又有点理屈词穷。

当天素问一上到三楼，女人早已经急不可待地站在楼梯口张望。素问说，等会我先介绍你的基本情况。我介绍完了，你再说细节。女人说好，她说这很好，我就是一个牛吃南瓜，找不到开口的人。素问说，早晓得了。

这几个月的电话倾诉，其实一直是碎片式的，断层，跳跃，无厘头，货真价实的小女人思维方式。

两个人正商量着，女人的手机却赫然响了起来。

哦，玉兰，是你呀，我……

嘘……小声点，影响人家办公。

哦，玉兰，小声点，哦，是我小声点，什么，什么，你说什么……

手机里面叽里咕噜，是女人另外一个好朋友玉兰的声音。女人对着电话，全是"哦哦哦"，也不晓得说些什么。说完了，女人合上手机，转身就往楼道下面冲，高跟鞋让她像扭秧歌，随时踩在危险的边缘。

女人冲了七八级楼梯，重新想起了素问，又冲了上来，说，我舅舅被车撞了，快死了，我要赶回去，对不起，先走一步了。素问还没有回答一个字，女人就消失了。泥鳅一样。

楼道里只有空洞的高跟鞋的声音。

素问一个人搭车回家的时候，很怀疑女人有没有舅舅。

当天素问胃口出奇地好。她故意不去接儿子，自己一个人在家，慢悠悠做了一桌丰盛的饭菜。有咖喱手撕鸡，农家全味鱼，椒盐藕茄夹，豆腐翡翠丸子，还煲了一盅莲子红枣银耳羹。全是要花精力、功夫和心血的美食。

女教师慢慢做，做完了以后，还是没有去接儿子。她坐在桌子边上，一个人吃了起来，一边吃，一边流着眼泪。吃到肚子撑不下去了，又跑到马桶旁边，把手指伸进喉咙，哇里哇啦抠了出来，然后刷了牙，坐到桌子边上，继续吃。

夜幕降临的时候，一桌饭菜终于吃完了。女教师站起来，收拾了现场，掐灭了自己的手机，往小学生托管中心走了过去。

夜风吹着她流泻满肩满背，依然七翘八拱的头发。

这天以后，素问一直关着手机，去风华小学接儿子的时候，也刻意延宕到放学的最后一分钟才去。哪怕去早了几分钟，她也躲在马路对面的文具店里，远远看着学校大门开了，静静矗立的家长群挤成一锅粥往里面冲了，她才把腿跨出文具店，趁着乱哄哄的劲头，到儿子班级的队伍里，抢了儿子就走。

素问觉得，自己过去的朋友，从来就没有女人这种文化层次的人。她本来就不应该跟一个不同类的人交往。她咬牙切齿地说，对你好一点，你还真把自己当成一块牙膏皮了。也不晓得是说那女人，还是说她自己。这几年独来独往的生活，素问早已不是当初热衷于赶场子，削尖脑袋往文化圈里钻的素问了。她一面沉静如大家闺秀，一面又非常三八起来。有一次在学校教师食堂，她因为少舀了一块肉，就把碗扣在了食堂大师傅的头上，还骂了他"个婊子养的"。搞得校长都亲自出马，找她谈了一顿不知所云的话。基本是王羲之的《快雪晴时帖》，范宽的《溪山行旅图》之类。他个人的自留地，古代艺术研究。

男人实在说不出口，一个女教授，怎么能为了一块五花肉，打人骂人呢。

校长混到校长的地步，世事洞明，心里水晶似的通透。个性鲜明的女教师也不只素问一个人，美术系有个老姑娘，还在网上贴了跟芙蓉姐姐有得一比的照片，叫嚣着要面向全球，征亿万富翁为夫。搞得校长去教育厅开会的时候，还被朋友们取笑了一通。校长姓王，大家就势称他为"幺蛾子王"。

这样以后，素问却还是在晚上睡觉前，会打开自己的手机看看。她晓得手机上的短信，会在网络上保持一天。她总觉得，那女人会给她发短信。

素问每天打开手机，都是一片空白。这空白让素问开始像刚刚离婚那一阵，每天都抽时间去超市，鸡鸭鱼肉，水果蔬菜，零食调料，自发功似的购买。冰箱总是塞到塞不进的地步。女教师想尽办法把冰箱门合上以后，心也"哐当"一声，空了。

等女人短信的日子，同样每天逛超市，同样把冰箱塞到不能塞的地步，同样感到随着关冰箱门的声音，送走了世上的一切。实际上，几天前学校组织教师去武当山旅游，她在菩萨面前闭眼许愿的时候，心里猛然跳出来的，却是一个令她自己都感到害怕的念头。

素问在菩萨面前想，那女人要像她舅舅一样，出了车祸才好呢。最好是撞成植物人，或者干脆就让她彻底离开这个世界。那样，就没有人在她面前，一边像弱女子一样哭泣，倾诉，一边又像夜半的强者枭一样大笑。更没有人像拥有一种交换的权利一样，多次咄咄逼问她的性生活。逼得她不得不编造了一个正在德国攻读博士学位的老公。逼得她不得不记住了德国若干美食和风景区的名字。

从武当山回来以后，素问忘记了自己的诅

咒，却仍然为等待女人的音讯而不断把工资送到超市的收银柜里。尽管她依然延宕到最后一分钟，才冲进掩护她的混乱人群，去接儿子。

她看着窗外越来越高大粗壮的悬铃木，想那个女人真是一堆沙子，不小心陷进了她这块豆腐，让人不舒服，不痛快了，想要彻底拍干净，还有点不可能。

这是讲不走的事情，却一清二白摆在那里。

十一

素问那个扔进了窨井的前手机，有一阵像小偷一样，被她自个儿整天盯着。

在哪间屋，就带进哪间屋。即使是坐在马桶上面出恭，也要把它放在面前的凳子上。出门在外，上课或者逛街的时候，诺基亚3210就直接揣在衣服口袋里，走几步就翻出来看看，看有没有那个男人的短信。连带地，买衣服也一定要选择有荷包的了。

手机在无数个白天和黑夜，冷不丁地袭击

女人，又全在女人的预感之中。"叮咚"一声，界面上就会出现一个神秘美丽的信封。

"叮咚"成了贝多芬的"命运敲门声"。

信里还是那些老话。异想天开的色情折磨，是对庄重性欢乐的冒犯；对性否定的恐惧和羞耻，从反面强化了性的冲动和欲望。等等。

回信同样顾左右而言它。通过个人存在的狭小锁眼谛视生命；每个人的心中有每个人的K。等等。

太阳很好的时候，素问也会在课后捏着手机，一个人踱到校园西边的花鸟亭子里，想理论部主任什么时候才能说一句有人烟气的话。尽管她说的，也是高天流云一样的东西。

这个老狐狸。她咬牙切齿。

有时候，理论部主任到外地出差，三天两天没有音讯，素问没有控制好自己，主动把电话打了过去，对方就会很客气地问她，究竟有什么事情？素问这个时候，往往是张口结舌半天，才想起她跟他，其实一直只有学术问题要探讨。

素问说，我……我想就《眼睛的故事》请教一下您。

这部色情史上的伟大小说，做了女人的挡箭牌。

男人就说，回来再说吧，我现在很忙。男人不等女人说话，就掐灭了手机。

回来以后，男人就会用和风细雨的口气，用比较长的一个时间，在电话里仔细地向女人解释她隔着时空、临时急抓提出的问题。仿佛是一种歉意。男人好像不晓得，这些问题，的确是临时急抓的，素问隔了一段时间后再听答案，已经了无兴趣。

理论部主任的肉身离开本地的时候，素问的脾气会变得很古怪。

她几乎整天不说一句话，要说话，里面也带着不在这个世界的味道。《外国文学史》讲得时空错乱，枯燥如干柴，好几次被一帮有血性的孩子告到了学校，说她误人子弟。还是那个"幺蛾子王"救了她。两边派了人做思想工作，息事宁人了事。很久以后素问才晓得，"幺蛾子王"年轻的时候也被孩子们告过。他被告的那会儿，据说也是两眼发呆，到食堂打饭总是忘记打菜，一碗白饭刨到底也没有发现。

"幺蛾子王"对素问说，上帝只拯救善于自救的人。素问依稀觉得，这是《圣经》上面的话，却没有精力去证实。等到有一次，那男人有十天时间，没有用手机跟素问探讨理论问题。素问最后还是没有控制好自己，再次直接把电话打了过去。

男人的手机很嘈杂，他说，我在海边，带女儿捡贝壳。话音落了，手机里就应景似的，出现了一个小姑娘的笑声。不过她不是一个人笑，还有那个通透、娇嗔、仿佛嘴角粘着哈根达斯的声音。素问说了声对不起，就迅速地把电话掐灭了。

这天回到家里，恰好碰到儿子把喝水杯子打翻在了床罩上，素问不问青红皂白，找出一把尺子，狠狠打了他的屁股和手掌，直到打出一条条粉红的印子，才住了手。

儿子大哭着，想求饶，却还没有学会说话，只晓得"妈、妈、妈"地乱叫。他甚至还想利用他的双脚逃离危险地带，但是他的脚丫子，却像企鹅一样，笨拙地盘在一起，搅混不清。

儿子才一岁多一点。

这天以后，素问好像找到了一个出口，只要那个男人没有给她打电话，发短信，谈那些天远地远的事情，她就会狠狠揍儿子一顿。她甚至还刻意把他带到别的小区僻静的花园深处，转身丢了他，看他一个人喊着含混的"妈、妈"，眼里充满惊惧的样子。

天上乌云翻滚，雷雨将要来临，在绿肥红瘦的植物中间，只有井底之蛙一样的孩子。素问躲在灌木丛的后面，一边哭着，一边痛快地欣赏一个小小生命彻底的无助。

回来的路上，一辆自行车朝他们冲了过来，素问却本能地用身体去帮儿子挡了下来，受伤不算很重，胳膊肘上缝了两针。在医院用碘酊洗伤口的时候，素问呻吟了两声。儿子在旁边漠然地玩弄着自己的小手。

他低垂着眼皮。

跟理论部主任无法言说的交往在继续，揍儿子也在继续。时间一般聪明地选择在母子俩单独相处的时候，没有学会说话的儿子，有口难言，只是一见到父亲回来，就眼泪汪汪地朝着他扁嘴，伸出小手，要他抱。

儿子伏在父亲肩头上轻灵的脑袋，闪过对母亲一丝怨恨的目光。素问冷冷地笑了。等到警察不在家的时候，素问再次向儿子发动了袭击。这次不再使用尺子等工具，素问只是用双手，不断地把儿子推翻在地上。儿子哭着，顽强地，一次次从地上爬起来，扶着桌子站稳，哀求地看着母亲。母亲闭上眼睛，再次把他推翻在地。

力道却掌握在不至于弄破他尾椎骨的程度。

警察回来的时候，儿子不再哭着要他抱，却紧闭双眼，躺在床上，发着低烧。孩子谁都不看。孩子不知道在想些什么。

警察走过来，很专业很仔细地，看着自己的儿子。孩子眼睑上悬挂着的泪珠，是一个逗号。孩子无力瘫软在枕头上的脑袋，也是一个逗号。

做丈夫的突然抬起头来，对着素问，一字一句说，婊子，一个男人，何至于把你搞成这样。声音犹如闷在千年冰川里的老风。素问吃了一惊，半天没有说出话来。

女教师冲进卫生间，不愿意那男人看见她的泪水。

素问从卫生间出来时，眼睛里有了慈母的光辉。不过是死了丈夫那种凄婉的慈母。女教师从此再没有打过儿子。孩子也很快忘记了过去，跟母亲重新黏糊起来。

她没有课的时候，总把他从托管的阿姨那里接回来，满屋子转着，老鹰捉小鸡。捉得儿子咯儿咯儿地，笑得缓不过气来。素问却有点不知疲倦似的，疯。

儿子有一天在躲闪她鹰爪的时候，不小心碰翻了警察遗留在家里的手机。素问惊讶地发现，理论部主任发给她的所有短信，那男人的手机上面，同样也接收了一份。拷贝一样。

素问没有声张这个事情。

她搞不明白，刑侦队长究竟是如何做到这一点的。

十二

素问在一个月圆之夜，仔细回忆了当天手里握着的、那个坚硬滚烫的东西，得出一个结论，事情早就不应该停留在探讨学术理论的层次。他们早就越界了，却始终装做没越界的样子。

素问勇敢地给男人打了电话，约男人在湖边茶坊喝茶。那里离城十里，碧波荡漾，杨柳依依，价格昂贵得让人有拨打12315的欲望，却尽其所能，提供一切能提供的人性化服务。几乎没有顾客光临。在此之前的几个月，素问一直等待男人的邀请。随便哪里都愿意，不择时间地点。她预感到他总有一天，会穿过手机，重新跟她见面。

手机只是前戏，可是这前戏，也太久了一点。素问想到一首流行歌曲，我等到花儿也谢了。

男人一口就答应了。女人在电话这边，长长舒了口气，感到所有的所有，那些让人长皱纹、白头发的事情，其实都是值得的。

两个人约在男人报社的地下停车场碰面，打开车门的男人，手掌搅来淡淡的古龙香风。从男人跨进停车场的那一刻，两个人都大声武气地招呼着对方，却谁都回避着对方的眼睛。

停车场里虚虚实实的光线，遮掩着两个人脸上的红晕。

可能是羞涩，或者别的。素问觉得眼前这个男人，很陌生。可是电话里面，那个听了几个月的声音，却入心入骨，长到了女人的身体里。那个声音，的确是理论部主任发出的吗？

素问有了一瞬间的恍惚。

素问出门之前，对当天的约会，做了很仔细的准备。衣服是两天前专门抽时间，去商场买的。买之前给气象台打了咨询电话，了解了最近一个星期的大致天气走向。当然，不能完全相信天气预报。素问在预报范围的左右，又加宽了范围，多买了一件衣服。其时正是初秋，天气忽阴忽晴，素问身上穿着一件薄薄的棉毛开衫，大大的手提袋里，却准备了一件性感的长袖短摆连衣裙。波西米亚风格。质地当然是丝棉混纺，以免中午热起来换上后，像堆腌菜。下装聪明地选择了九分牛仔裤，管他日出下雨，可进可退，我自岿然不动。卫生和美容，当然是做到了毛孔里。尤其是睫毛膏，买了平时不舍得买的兰蔻防水型，即使对方冲动地吻了自己的眼睛，或者自己冲动地流了眼泪，也不至于花成个熊猫。最最重要的，是包里放了两盒避孕套，一盒普通的，一盒带钩子须子的，不晓得理论部主任的嗜好。传教士型，还是花花公子型，两盒避孕套，一网打尽。

素问依然坐在后排车座上，乖乖女一样微笑着。她不愿意跟他一起坐在前排，她总觉得，那是一种完全掌控了他的架势。她不要他有这种感觉。她怕把他吓跑了。

男人的白色本田刚刚驶出报社的大门，就停了下来。素问看见一个年轻的女人站在路边，拉拉队员一样，兴奋地向着男人雀跃招手。

男人打开前排的座位，年轻女人鱼一样，轻灵活泼地滑了进来。

好险啦，要是我晚来一分钟，你就出门了。

男人不答话，却指着后排说，汉江大学的素问老师。然后对素问说，我太太。

素问一惊，这才品出来，果然是那个通透、娇嗔、嘴角仿佛沾满哈根达斯的声音。

先送我去商场，你们再去办事。女人命令自己的老公。

理论部主任就说，我回家拿材料，不办什么事，素问老师也是搭顺风车。哦，对了，素问老师，你到哪里？

素问被他一问，慌乱起来，顿了两三秒，赶快说了个最近的商场的名字。

到那个商场大约只有五六分钟的路程，素

问在后面恨不得想哭。她到底还是忍住了。

这五六分钟的时间，两个心照不宣的男女都沉默了下来，车里只剩了那个女人的声音。

理论部主任的妻子是骨感型的女人，谈不上漂亮，却绝对不显年龄，说她十八岁，没人怀疑，说她三十八岁，也有点像。打扮当然是一律装嫩，连包包上都缀了多啦 A 梦的挂饰，却也装得肌肤相亲，没有一丁点不自然。说话永远是娇嗔的，甚至让人觉得她舌头下面有根该割的筋没有割掉。语速很快，内容全是衣服，美食，电影之类。她一直在跟自己的老公说，甚至忘记了后面的素问。整天跟素问谈天远地远事情的男人，饶有兴趣地听着这些肤浅的话题。躲在后面的素问，偷偷瞟了眼男人。男人的脸上，是慈父一样的光辉。

快到素问说的商场了，女人突然从包里掏出一块巧克力，硬要素问吃。素问礼貌地推辞了。女人就剥开巧克力，一个人吃了起来，塞得满腮满嘴，却还是含着巧克力，快速地跟男人说着昨晚做的一个梦。狗狗跟猫咪抢玩具，狗狗抢赢了，猫咪不服气，就把狗狗的饼干藏了起来。天，素问想，不晓得她真的会不会做这样的梦。男人终于控制不住了，他呵斥道，小心，不要噎着了。声音里全是她当初扮成老鹰吓儿子那种虚张声势。

素问的内心，溃败如水，她说，我就在这里下吧。

三个人或客套，或热情地，说了"拜拜"，本田开走了。素问通过后视窗，远远看见那女人凑到理论部主任耳朵边上说了句什么，两个人便大笑起来。

理论部主任从方向盘上分出一只手，捏了捏妻子的脸蛋。素问感到自己鼓胀的身体被撕开了一条小口，汁液开始慢慢流失。

谈乔治·巴塔耶和卡夫卡的两个人，从此断了音讯。

十三

女人的电话，在又一个晚上八点打来，素

问竟然没有犹豫，一把就按下了接听键。

这是一个她躲避了很久的电话，真的来了，她却有种欢欣，还有种如释重负的感觉。

又是一个长长的"哎"字打头，女人问，这段时间过得如何？不等素问回答，女人又说，她一直在忙舅舅的丧事，忙死了。即使从人道主义出发，素问也应该慰问一声，关于舅舅，关于车祸之类，素问却倔强地保持了沉默，她还是觉得，女人根本就没有舅舅，她在要弄她。

两个人有了短暂的沉默，当初关于性的话题一旦断了，好像就有点拾不起来。电话那头就乱扯了一些野棉花，素问厌烦着，却又莫名其妙地，不舍得放下电话。后来好像就扯到了韩剧，扯到了整容。素问想到警察的话，就问女人，我这两颗龅牙，应不应该拔掉？女人当然是极力撺掇素问去拔掉。本来素问只是信口开河，女人却抓住这一点，从各个方面来劝说素问拔牙。说得素问也极端怀疑起来，三十几年的一切不快乐，是否都应该归咎于这两颗牙齿。

我本来以为，我这两颗牙齿，跟王祖贤，张曼玉一样好看的。

对方笑了起来，笑得很古怪。笑了半天，对方才说，张曼玉最后不是也把它们拔了吗？

是啊，张曼玉好像是拔了。素问有点想了起来。

我明天陪你去拔。

不用，不用，我自己去。

让我也为你做点事吧，你已经为我做了很多了。女人突然说。

素问有了一点感动。

其实那天一起去拔牙的经历，一点也不愉快。不愉快在哪里，却又有点哑巴吃黄连的样子，说不出来。

素问在女人的陪伴下，总共进了三家医院，见了三个医生，却完全没有实质性地进入看病阶段。

第一个医生是中年男人，走进诊室就大声地咳嗽，大声地吐痰。虽然他把痰吐在了专属于他的、藏在办公桌下面的痰盂，素问却还是觉得，他把痰吐在了自己的身上。

素问浑身有了发紧的感觉，她在医生扯着"烟酒嗓子"，大声地问她牙齿出了什么问题的时候，转过头，几乎是无助地看了一眼正在门口张头张脑、之前被医生作为病人家属限制在了门外的女人。

素问暂时没有回答医生的话，求助地看着女人，那女人就像她肚子里的蛔虫一样，立马就冲了进来，大声武气地说，医生，你家先看后面的人吧，我们有点急事。不待医生反应过来，女人拉了素问就走。女人在外面对素问说，真正的医生，不可能有这么多痰。我嫂子就是医生，她见了痰就要晕倒。素问说，不是医生，怎么会坐在这里？这里好歹是市级医院，未必犯罪分子还能混进来。这样一说，倒提醒了女人，女人就说，那医生很可能就是犯罪分子。世界之大，无奇不有。哼，说不定，很快的，这家医院就要出事了。女人说完最后一句话，眼睛骨碌碌转着，有了点阴森森的味道。素问心里一寒，说，不要太夸张了，他不就是有点不讲卫生，裤腿卷起来了，鞋子上有泥巴，不像大医院的医生，倒像个深山里的老农民吗？我不找他看牙就是了。

其实素问比女人观察得更仔细，连鞋子上干了的小泥点子也看见了。

两个人来到第二家医院，坐到第二个医生的面前时，已经是中午吃饭的时间了。素问是上午最后一个求医者。女人坐在空荡荡的楼道里等着素问，素问一进入医生的诊室，医生就对素问说，把门关上。

简单介绍了几句，医生就叫素问张开了嘴巴。这个时候，女人却推门走了进来，铁青着脸说，外面没有一个人，又不吵，干吗要关门？年轻的医生吓了一跳，问，你是谁？女人就指着素问说，我是她姐姐。医生就说，既然是家属，就进来吧。然后医生又说，请把门关上。女人却不听话，反而把门敞开了，"砰"的一声，像打医生的耳光。女人说，男男女女，关在一间房子里，不怕别人怀疑吗？年轻的医生一愣，顿时气得红了脸。这里是医院，我是医生，分什么男女。再说，你们两个人的年纪，比我妈都小不了几岁。

小不了几岁又怎样，吃豆腐未必还要看年龄。

小伙子"刷"的站了起来，指着她们两个说，出去，出去，我不看你们这样的病人。外面墙上有投诉电话，告我去，告我去。小伙子说完，不由分说地，把两个女人推了出去，"砰"的一声，关上了门。

素问第一次对女人生了气，你还要不要我看病嘛，早晓得，不要你陪。

女人就说，我还不是为你好，现在的社会，万事当心一点好。我看他油头粉面的样子，肚子里就没什么好下水。素问还想说什么，却想起刚才在里面检查牙齿的时候，那年轻医生的手指，的确在她的脸颊上有意无意触碰的次数多了些，有一次还滑动了一秒钟。素问心里也曾经有过一丝丝的怀疑。实际上素问每次找男医生看病，都在怀疑人家是不是欺负她。怀疑多了，简直分不清楚假想和事实。女人却这样简单，敢把一丝丝也发酵成一大片。

她像她肚子里的蛔虫，不过是代替她的某一部分在发言。素问叹了口气。

最后两个人去找了本城最有名的一个牙医。六十几岁的老太婆，三级甲等医院返聘的离休专家，留着田华那样高贵的银发，每年9月20日的世界爱牙日，电视上街边摆摊的免费咨询活动里，一定有她的影子。

十四

两个人等到专家的接见，已经是半下午了。专家几乎没有看素问一眼，就低头开了一系列的单子，要求素问把这些方面都查好了，再来找她。专家说，搞快一点，下班前没查完，就要等到明天了。只有患者等我，没有我等患者的。

素问拿着那一大摞单子出来，跟走廊上等候的女人交头一看，有血检，尿检，头部CT，心电图等，一大堆的检查。女人说，拔两颗牙，哪里需要检查这么多。我看这老妞，完全是个孙二娘。

素问就说，不检查也没有办法，不检查，今天就没办法拔牙了。

女人就大声地说，这一堆没有用的东西检查下来，要几百上千元，你的钱是从天上掉下来的吗？凭什么要乱送人……素问就说，有什么办法啊。

正说着，旁边却有人招呼素问，女教师回头一看，竟是离婚后的警察和他现任的妻子。

那女人其实也不是第一次见面。有好几次还陪着警察来看儿子。人家婚前在一家酒楼做大堂经理，万事能帮老板摆平，黑社会来了也敢上去喝杯半真半假的交杯酒，婚后却变得很胆小，遇事只晓得哭泣。在自家楼下的小餐馆里上了一个小当，被人用糖醋肉丝当鱼香肉丝卖给她，也要打电话叫老公回去摆平。连跟人讲道理的事情都不会做了。尽管她单身的时候，做的就是跟人沟通的工作。素问其实对她是有好感的，因为她看警察的目光，永远像看伟人，即使素问在旁边，也一样。素问对她也有一种说不清楚的、心里像开了油盐铺子的感觉。对方的脸庞和身体都很圆润，水气足得不得了。有一次两个人一起来接儿子出去春游，趁素问转身准备孩子衣物的时候，还躲在另外一间屋，见缝插针地小摸小搞了几秒钟。作为过来人的素问假装没有听到隔壁的响动，只是觉得，警察那个功亏一篑的事情，在她那里，很可能已经被彻底治好了。女教师那一瞬间想到的，却是前夫住在她这里最后那几个月，每次从洗衣篮子里拎出来的、他林林总总的换洗衣服，在阳光下，纷飞着雪花一样的皮屑。

离婚前的几个月，两个人已经不懂得怎样跟对方争吵，屋子里如果没有儿子，就像死穴一样。之前的若干年，大家却每天要说很多话。大部分话都是拔河一样，很消耗人的精力。

那时候争吵最多的，就是警察那种买斤白菜，都要把警察身份亮出来，让别人不得不少上一毛两毛的德性。没想到这天警察还是老马不死旧性在地，问素问，谁欺负你了，跟我说，我认识他们院长，我找他去。

素问冷冷说，谁都没有欺负我，我自己欺负自己了。

素问说完，就像那些十八岁的姑娘那样，任性地冲出了医院，完全不管身后的场面如何收拾。

她冲在自己制造出来的风里，恨着的，却是那个女人。她想她再也不会跟那个女人来往了，女人今天说的话，好像都是代替她说出来的。女人太了解她了，比自己了解她床上的细节还要多。

这是一件可怕的事情。

十五

素问换了手机，找了个钟点工，专门帮自己接儿子。忍了几个月，终于把女人在心中留下的阴影抹去了以后，才现身在了风华小学的家长群中。

夏天已经快要来临，素问提前穿起了连衣裙，她想自己跟女人又没有任何利害关系，再碰到她，自己完全可以随意搭理她，或者不搭理她。凭心情。当然，自己的新手机号码，是再不能告诉她了。素问自言自语，说了句糙话，真是猪尿包不打人，胀死人。她说的，当然是那个女人。

素问在家长群中，不由自主地用眼睛搜索着，却奇怪地，没有发现女人。

一个星期的找寻连续落空，素问竟有了失望的感觉。她还在心里设计了好几种对付她的表情和语言，要把自己控制在不让她再次接近、也不完全跟她抹脸的地步。

素问却继续在落空。

第二个星期快结束的时候，一个陌生的女人在人群里，对着素问大声武气打了个招呼，不等女教师反应过来，就挤过人群，一把抢过了素问的包包，挎在了自己的肩上。

素问惊得目瞪口呆。

女人说，张红走了，我来帮你背。素问问，

谁是张红？女人说，就是原先给你背包包的那个啊。

女人不等素问开口，又快言快语地说，幸好张红走了，你不晓得，她搬家的那天，我们红梅小区的人，恨不得炸鞭来庆祝。当然咯，物业公司不允许。素问吃惊地问，为什么？女人就说，讨嫌啊，全小区都是她的仇人。人家音响放大一点，她就去踹门。人家地上丢个字纸，她也要站到小区中间，一骂三个小时。大家都说她有病，谁都不敢惹她。素问就又吃惊地说，真的。女人叹了口气，说，其实原来也是一个好人，我有一次说自己喜欢吃鱼肠子，她大冬天腌鱼的时候，就把所有的鱼肠子都留了下来，用冷水洗得干干净净，十个指头真的像十个胡萝卜一样地，端着一大碗鱼肠子，巴心巴肝送到我家里来。自从她的老公几年前外面有了人，不要她了，她就跟谁都处不好了。其实她也蛮可怜的，据说她有一年千里追踪，追他老公和那情人，追到绥芬河，零下几十度，人家也不要她进门，硬是在门外站了一夜，差点冻死。回来就变了性情。过去还在参加自考，拿本科文凭，说句"放屁"都会红半天脸。从绥芬河回来后，就敢在小区骂大街了。只要谁不小心惹上她。

女人又笑了起来，不过，我们红梅小区的人，也不是吃素的。自从她跟大家处不好后，大家也就跟她处不好了。她住在一楼，衣服一晾出来，就有人用竹竿叉走，扔在小区后面的荒草地上。摩托车的轮胎，也不晓得被人扎过多少回了。后来她到底是寡不敌众，去年夏天，只好把房子卖给别人了。这大半年一直在一个人跑转学和搬家的事，家里没个帮手，连班都不去上了。

当天，女人喋喋不休，大鸣大放，一直谈张红，谈到校门洞开。

素问从女人的谈话里惊讶地发现，那个叫张红的女人，第一次挤过来，抢她的包包那会，早已经在别处买下房子了。素问突然像被人强奸了一样难受。

女教师正愣愣发着呆，张红的邻居却在开

始乱成一团的家长群中，大声地，急切地说，哎，明天一定把手机号码给我，记得啊，明天见，不见不散。素问听了，却神经质地，一把抢回了自己的包包，快步躲开了。她也大声地说，没有必要，完全没有必要。

什么，没有必要。真的吗？我都不相信自己的耳朵了。何必把架子端这么大？哎，那个……这什么人哪，毕竟是一个学校的家长……

遭到拒绝的女人很吃惊，很生气，有点开始骂骂咧咧了。

素问不再答话，退出了乱七八糟的人群。她终于想起来，那个无数次影响了自己吃饭睡觉的张红，从来没有问过自己叫什么名字，住在哪里，在哪个单位工作。而素问，也同样没有问过对方。

城市八卦

八卦之阳鱼眼——拐弯

A

朱茉莉今年三十七，大家却半真半假地，老把她年龄猜在二十七。

这事放在别的女人身上，大不了捂嘴偷笑。她却不。茉莉偏要站出来，理直气壮纠正人家，自己已经三十七岁了。纠正完，女人还会像个刚往池塘里扔了块大石头的孩子一样，睁着眼睛，静静等待后面的惊讶，反问，怀疑，感叹，包括最后还是归于的不确定。

这套把戏玩多了，熟悉的人晓得了她这个爱好，有第一次见面的，朋友们就主动帮她问人家。哎，你猜猜，咱茉莉今年多大了？

最多不过二十五嘛。

NO，NO，再猜。

再猜？要超过了二十七，我手板心煎鱼给你吃。

哈哈，哈哈哈，实话告诉你吧，人家已经三十七了。

不可能。

百分之一万的真话，哄你是小狗。

哎，茉莉，把身份证拿出来，拿出来。

朱茉莉矜持地笑着，遭遇两分钟貌似激烈的围说后，女人真的把身份证拿了出来。这是她第 N 次拿身份证出来了。

哦哟，哦哟，真的是你吗？天哪，七〇年的像八〇年的。气死张曼玉，气死刘嘉玲了。

一片夸张的感叹，甚至尖叫。

这些怂恿她出示身份证的，并不包括女人过去的同事，同学，都是茉莉做全职太太以后，认识的另外一些全职。那些还在职场上拼搏的老朋友，即使偶尔被茉莉逮了来聚会，也忙不迭地接着各种电话，根本没空隙注意到茉莉的"嫩"。茉莉在她们忙碌的瞬间，偶尔会尖叫着提醒说，看，你的眼袋都出来了，以期引起别人对她紧致光滑眼部的重视。自然，别人不得不注意到了，只是没有像第一次认识的人那样惊讶，只是淡淡说，还是当全职好，还是你有福气啊。实际上，过去的朋友说完这种心不在焉的感叹后，大多没有等到聚会结束，就一个个被生意伙伴的电话，追得提前离席了，即使有个别人恰好闲下来没有离开，彼此谈话的主题，也完全是两码事。茉莉谈到韩剧，谈到烹调，美容，谈到婚姻的经营时，她们大多缄口。而她们谈到生意，股市，南极的冰雪融化速度什么的，她也插不上嘴。多搞两次，朱茉莉心里算是明白了一件事情，人以群分，她现在再追着那些职场女人玩，倒显得有点不知趣了。

全职太太，不就是过去说的家庭主妇吗？茉莉一念至此，心也黯然了下来。等到跟着丈夫王群出席了一次正式的社交聚会后，茉莉的心，就更黯然了。

那次是应几位新朋友的邀请，王群挽了她去，自然又引来了别人老夫少妻的赞叹。实际上王群不过大她四五岁而已。朱茉莉一激动，就在那个清雅的五星级酒店自助餐厅里，又瞪大了眼睛，搞起了她们全职队伍里面常搞的游戏，娇嗔嗔要一桌子的人猜她的年龄，并且同样的，听了错误答案后，理直气壮说出真实数字，瞪大眼睛等着后面的惊讶，反问，然后赌咒发誓，掏出身份证验明正身，惊喜地接受无数的怀疑，并且在大家的怂恿下，获奖者一样，碎碎传递着自己的美容心经。

每天一瓶胶原蛋白，晚上十一点以前，一定要睡觉……

丈夫把一个小小的鱼子寿司放在茉莉的盘里，还趁势踩了她一脚。茉莉不管，看了眼鲜红晶莹的鱼子，继续说了下去，保湿，防晒和抗氧化，是选择化妆品最重要的三点。哦，对了，有个莎莎折扣店的化妆品最便宜，进口品牌可以打到八折，改天约个时间，我可以带你们去办个卡。另外几位太太却都赶忙推辞，算了，算了。她们都说自己很忙，哪有时间shopping，哪有心思保养自己。

一问一答之间，茉莉才晓得了，那几位显老的夫人，不是大学教授，就是公司的总经理，说话虽然谦虚，极力赞美茉莉显年轻的福气，却不经意之间，不晓得在哪里占了茉莉的上风。回到家里，王群盯着她半天，突然说了句，茉莉，你变庸俗了，真的。说得茉莉张口结舌，满脸错愕。

茉莉做全职以前，是房地产公司的水电设计师。因为要经常下工地，三伏天也穿着男式西裤，不爱红妆爱武装的样子。在办公室设计图纸的时候，茉莉总把两只手揣在男式裤子的口袋里，在图纸面前皱着眉头走来走去，有人叫她，她也不应。实在叫急了，她就抬起头，目光茫然地说，哦，正在设计图纸呢。说完，不等别人下一句话，就又进入了个人的沉思。作为合作者的建材商王群第一次经过她设计室门口，看到这个又高又白，又酷又瘦的女孩子时，就从心里发出了赞叹，怪不得人家说，工作着的女人是最美的。王群站在门口至少有十来分钟，朱茉莉也没有发现他。

那是十年前的事情了。

B

这次一提"庸俗"，朱茉莉倒把王群的"庸俗"给瞧了出来。

微微肿胀的奶油肚子，民间传说的"印堂发亮"，睡眠不足的眼底红血丝，还有那满身矫情的名牌，所有的一切，都像一棵临风的玉树，被挂上了乱七八糟本不属于它的东西。

主妇报复丈夫的常用方式不外有二，白天

把饭菜尽量往简单，难吃，不健康上做，晚上再把对方伸过来的手狠狠推开。王群假装不晓得茉莉在做蛊作怪，一沾床就扯开了呼噜，反正女人铁板钉钉是自己人了，跑也跑不了的，就是要让她痛了，她才晓得与时俱进。响鼓不用重锤，好歹人家是重点大学毕业，而自己，还不过只是个电大毕业的专科生。

王群在梦中的神态，都带点胜券在握的样子，茉莉在台灯下一看，恨得牙齿痒痒。一看还不到十二点，就偷偷起床来，给张春春挂了个电话，要女孩子明天陪陪她。

张春春是除那些全职外，唯一一个经常有时间陪茉莉的人。八二年出生的女孩子年龄不大，却不靠父母，单位，组织，甚至文凭，自己在外面讨生活。张春春同时干着多少种工作，连茉莉都不清楚。她只晓得她在做安利，还在做太保。茉莉每年在她手上买将近三万元的保单和两万元左右的纽崔莱保健品，这使张春春跟茉莉走得很近，几乎成为了女人的半个私人助理。有几次家里水管堵了，马桶不上水了，甚至有急事没法接送女儿文文了，都是十万火急把女孩子叫了来应急。

不过，茉莉也是有社会经验的人，心里权衡着这附加服务的分量，并不无限度求助春春。尤其是在陪聊这个事情上，茉莉更坚持着自己的底线，并不轻易把隐私过多透露给张春春，把她当闺蜜。她想，她毕竟是社会上混的人。她喊着她妹妹，还是把她和自己划了个界限。有句话是怎么说的来着，茉莉曾经跟王群讲，咱们这种人，叫中产阶级。

这个夜晚，茉莉同样没有说自己遇到了什么事，她又像过去一样，用内分泌失调做了挡箭牌，说自己这阵心情很郁闷，明天想跟她坐坐。春春听了，就爽快地说，好，我安排一下，明天带你去一个好地方。茉莉问什么地方，春春却卖着关子，说反正不是人贩子的家。春春在电话那头，嘻嘻笑着。

其实春春是有几分气势的，并不像别的干业务的，每次都软不拉叽讨好她们这些全职太太，随时说自己有时间。茉莉挂上电话时，竟感到自己这天的运气，坏中还带了点好。

　　第二天，两个人去的是一个名叫"香猫"的咖啡屋，茉莉跟过去一样，也跟春春别的全职客户一样，快快说说话，痛痛买买单，几个小时过去，小小心结也就开了。唯一遗憾的，春春还是被公司的会议电话，提前追走了。春春起身时，茉莉问她是保险公司，还是安利公司。春春却假装没听见，翻着自己的大挎包。茉莉也就知趣地闭了嘴。

　　女人后来一个人跨出那座鹅黄色的小房子时，抬头看了看，有几朵白云停在街巷切割出的蓝天中，竟突然觉得，除了心情，另外一些事情，也改变了。

　　撇开春春，茉莉后来又自个儿去了两次。她给女孩子打电话说，她以后要每天去一次香猫，一个人去。她说，她喜欢那里用旧报纸旧海报随意贴满墙壁的朴素，她喜欢那里小小的仿佛老时光一样的安静，她还喜欢挂在吧台后面五颜六色、千奇百怪的客人自带的咖啡杯。

春春就说，是啊，会喝咖啡的人，是不会去喝大公司批量生产的 Espresso 的。好咖啡就像好男人一样，要单独烘焙，单独研磨，单独手工制作。

女孩子怂恿着茉莉，暗暗松了口气。这个寂寞的全职太太如果真找了个消磨时间的好去处，就不会经常来骚扰她了。

两个人的对话后面，都有自己隐秘的心思。茉莉心思的正中，却是香猫咖啡屋的老板，那个站在塞风壶后面、表情淡淡、身材高大结实、像 Rain 一样帅的男孩。他的身后，左上角的地方，赫然挂了个小小的镜框，镜框里用稚拙的板桥体写着——

我的人生在这里拐弯，是为了遇到你，咖啡。

不晓得为什么，茉莉第一眼看到相互映衬的他和它，竟有了想哭的感觉。更何况后来，她每次进门，他都会抬起头来，深深看她一眼。或者说，她感觉他很深地看了自己一眼。

这全赖他长了一双很黑很大的眼睛，以至于她事后回忆他的相貌时，他的整个脸好像就是一双眼睛。一双很黑很亮，还带点忧郁的眼睛。

茉莉觉得，那男孩就是年轻时看过的那些琼瑶小说的男主角。

C

茉莉一连几天揣摩着咖啡，还有那双黑黑的、忧郁的眼睛。像个少女时代无意丢掉的梦。

女人自从做全职，好像除了装成个天山童姥，什么梦都没有了，人生突然干净得寸草不生，回望做设计师那会儿，争取个公司先进，拿一等红包，请大家吃顿麻辣烫，都成了可待追忆的梦。

实际上，王群每次往她的卡上打钱的时候，都会说些关于梦的话。比如，以后让文文去美国留学。再比如，过几年到金银湖买个别墅养老。等等。看起来每一句像梦的东西，却因为太实在，太直观，反而丧失了梦的气息。

也许，那只能算是一种计划。茉莉在心里

反问着自己。真正的梦，就应该像那个男孩子的眼睛，幽深，丰富，不可预知。

茉莉晓得，有的长了"桃花眼"的人，无意瞟别人一眼，也会让人觉得"很深"，惹来桃花运。那么，这个男孩子，是"很深"地看了她，还是她以为的"很深"呢？

反反复复的揣测，猜度，让茉莉突然之间，也有了点"很深"的感觉。王群上班时要她帮忙拿下车钥匙，她也没有听见。做丈夫的只好脱了鞋，再次进屋自己拿了。走的时候，他看见女人在厨房里自言自语的侧影，心里却是满满的高兴。他当初注意到她，就是因为她不注意一切。她一旦注意一切，自己，别人，全世界，就跟所有中年妇女一样，目光精明，思维严谨，侃侃而谈，偶尔还悟出些好像很深刻的人生哲理，我的天哪，她就不是那个她了。

那个梦游似的她，也是王群的一个梦。

王群带着女儿下了楼，远远地，车子引擎一响，茉莉就像梦中醒来一样，冲进了卫生间。洗澡，洗头，然后化妆，换衣服，女人开着她的红色宝来，急急赶到了香猫。

她是当天第一个顾客。上午九点，整个咖啡屋，五十几个平方，只有他和她。

女人刻意选了吧台外面的吧椅坐着，近距离看着男孩子。她闻到了自己那很侵略人的Dior Addict，当天用量多了一点。

一杯肯亚ＡＡ。茉莉说完，心竟狂跳了两下。一种混乱的情绪，冲荡在她的心间。她想自己其实是个俗物，因为她可能比他大十几岁而自卑得气紧，又因为她的财产可能比他多几十倍，气定神闲坐到他眼皮子下面，骄傲地盯着看他的眼睛。如果她只是个跟他一样的小女生，她也许就会脸红了。

茉莉摸了摸脸，她的脸的确是冷的。男孩子答应了一声"好"，整个脸却完全红了。

他极力悠闲地煮着浪漫的虹吸咖啡，几分钟过去了，脸却还是红的。尤其是耳根子那一块，因为皮肤极其细腻，简直像一块传说中的美玉。他始终不抬头看她，甚至仿佛，连余光都没有瞟她，可是他的脸，却越来越红，红成了玛瑙。

咖啡递到她手上时，她清楚看见，对方结实的手，在微微发抖。

茉莉暗暗笑了。她终于确定，这个可以喊她"阿姨"的小帅哥，每次进门时看她的那一眼，的确是"很深"的。这样说来，我真的好显年轻？茉莉再次摸了下脸，喝了口咖啡。

聘用的小弟陆陆续续来上班了，两米远的男孩子脸上红晕散去了一些，他抬起头来，对着她浅浅笑了一下。

D

王群着实没有想到，一个"庸俗"，让老婆痴痴呆呆了这么久，久得他都有点于心不忍了。茉莉不仅不在外面出示身份证了，连单独面对他，都好像当初在设计图纸一样。

哎，王群敲了敲餐桌，苕啦？对面的女人一个激灵，盯着他看了半天，脸色由红变成了白，又由白变成了青。

在想什么？

什么都没想。

好啊，这可是你说的。男人推了碗，一个人去书房上网查资料了。

王群不是没有看出来，朱茉莉遇到了精神层面的问题。王群不在乎，也懒得管。他把一个设计师活活变成全职太太这些年，朱茉莉心态的跌宕，已经多得数不清了。举个例子，刚生完孩子那会，也就是刚成全职那会儿，做老婆的动辄哭泣，动辄一个人跑到街上，一逛一整天。人抽掉了工作，就等于抽掉了主心骨。但是有什么办法呢，朱茉莉到任何地方上班，他这个家，谁来主持谁来管？他是处女座 A 型血的男人，有强烈讲秩序的冲动。看不惯陌生女人在家里晃，喝不惯任何保姆做的汤。有个靠煨汤出名的婶子到了他家里，也活活被他喝出没有家的味道。他要求太高。那嫂子跟每次请来的阿姨一样，没做满半个月，就走了。

两个人之间，只能保一个人的事业。王群在认识茉莉的第三个年头对她说，武汉所有明智的夫妻，都在选择这条路，你呢？茉莉到底明事理，哭哭啼啼地想了几天，最后还是答应了。这后来若干年扯心的寂寞，靠轮番进入她生活的网络、瑜伽、购物、算命，甚至貌似朋友的朋友，都不能完全填平，但至少，女人在四年前终于不闹了，不哭了，不整天疯狗样在街上乱转了。

这个夜晚的小小失神，已经算不得什么毛毛菜了。王群走到书房门口的时候，突然回过头来，鼓励了茉莉一句，人，总要学着自己长大。茉莉不晓得他在说什么，女人正在自己的记忆里，挖掘那个男孩子的嘴唇曲线。她的嘴也学着他，暗中嘟了起来。王群就也嘟起嘴，对茉莉做了个飞吻。可惜茉莉看他的眼神呆呆的，没有回应。

神经。王群不晓得骂老婆，还是骂自己。他走进了书房，背影略显臃肿，但是充满了自信。茉莉看着这个背影，想到香猫帅哥那个堪与男模比美、却略显谦卑的背影，心里竟为了人家在痛。

呵，我用这个男人挣的钱，每天去泡另外

一个男人，说真的，我真不地道。茉莉责备着自己。她其实也是懂规矩方圆的人，晓得有些东西自己永远都只能想想，所以心里竟有了无奈的凄楚。

女人站起身，去厨房用洗碗机洗了碗，然后出来，在客厅里放了几首歌曲。

有没有人曾经告诉你，我很爱你……

你身上有她的香水味,是我鼻子犯的罪……

全是怨男怨女的哭诉，俗，却俗到了心坎。

女儿从卧室里走出来，要她给作业签字，她马马虎虎签了，就哄孩子早点去睡。孩子申辩说还不到九点，按照过去的规矩，还可以看一集《家有儿女》呢，茉莉就撒谎说，爸爸明天有事，会提前半个小时把你丢在校门口的。

女儿听话地去睡了，她是这个家的中心思想。茉莉又在客厅里坐了一会，想了一会，然后，她却突然下定了决心似的，走进了书房。

茉莉在肥胖的老公后面站了两秒钟，就从后面猛地抱住了他。王群吓了一跳，差点把电脑旁边的茶杯碰倒在地上。怎么啦，怎么啦？

女人不做声音，鼻息咻咻喷到男人脸上，一味曲意求欢，丝毫不输给任何电影、小说里面的那些狐狸精。王群惊讶过后，终于反扑了过来，嘴里一个劲嘀咕，你怎么变得这么坏？这么坏？

茉莉不吭声，继续她猛烈的进攻。

从此后，女人白天继续去香猫默默坐着，看那个男人，晚上却死死纠缠着自己的老公。婚外情竟然启动了婚内性。她说话很少了，表情也很木了，不显摆嫩了，恢复了做设计师时候的酷似的。只是偶尔，车子堵在去香猫的路上，她看着前不见首、后不见尾的参差车队，会突然想起《胭脂扣》里那句"变迁如此之大，一望无际都是人"，竟奇怪地打开前面的雨刮，在节奏摆动的掩护下，泪水潸然而下。

说起女人这个相思之苦，实在找不到高尚的理由。仿佛连爱情都扯不上。因为，她对那个男孩子知之甚少，或者说，一无所知。她就因为一个眼神，一个脸红，迷恋上了他酷似Rain的脸，毫无赘肉的、跟王群截然不同的身体。

她是她过去认为的那种坏女人了，在她三十七岁、身体成熟到极点的时候，她学会了性幻想。在幻想中，跟咖啡男孩做尽了男女之事。

这莫名其妙的情欲，消耗了她对王群的感情，却又使她无限度地借用王群，消耗这无辜男人的身体。如此矛盾的、不可言说的隐秘，女人面对自己的心，再次骂着自己不地道。尤其是，为了给那个香猫的老板一个好印象，每次喝完咖啡，她都要给小弟相当于咖啡一样价格的小费。而这些钱，还有这些喝咖啡的时间，都是王群在外面努力工作，给她换来的。

再次面对男孩子，茉莉的脸上，却没有一丝忧郁。明净一直是她装年轻的重要法宝。

呵，别人都是请小弟煮咖啡，你怎么总是自己亲自煮？点了杯曼特宁后，茉莉开口跟男孩子搭讪起来。过去的很多次都没有主动搭讪，是因为茉莉想让自己看起来，更像个年轻的、羞怯的、只会用眼睛说话的女孩子。昨夜跟王群一疯狂，再次确认了现实，晓得"装处"也没有切实结果，茉莉反而主动跟男孩子套起了近乎。在她隐秘的内心，这近正是一个远，是爱情不成友谊在的自我牺牲。她生生感到自己是个遵循社会道德的好女人，问着他话，温婉笑着，竟感到了割肉般的痛。痛自己的好。

男孩子自她进门后，脸上的第二拨红潮涌来了。第一拨照例是她进门的那一瞬间。他红脸的时候，耳朵下面那一小块地方，仍然是茉莉死死紧盯的目标，这个情欲迸发的女人，在想象中冲上去亲吻了那个地方。

顿了有好几秒钟，他才说，呵，我喜欢亲手煮，这对我来说，是一种享受。再说，也只有我自己煮得最好，他们学不到。男孩子声音低沉浑厚，语气十分平缓。茉莉在这声音中，竟还是嗅出了雄性激素。

呵，你真特别，简直是与众不同。你……

有联系方式吗?

喏,我的名片。男孩子一指吧台上面的小竹篮子,里面全是他的名片。原来跟商场每个专柜的宣传手册一样,随便拿。女人有点吃惊。

茉莉抽出一张,方方正正,淡淡鹅黄。上面写着男孩子的名字,通讯地址,手机号码,座机号码,甚至电邮,上班时间等,一应俱全。转过来,背面竟还是那句"为了咖啡,人生在这里拐弯"的话。看似随意印上,却暗藏一种很打人的东西。茉莉看了,心"咯噔"一惊,又突然沉落下来。原来他的一切面对所有人公开,他只是个卖家而已。

也许那个"很深"的一眼,几秒钟的脸红,才专属于她。

茉莉闭了嘴,不打搅他工作了,骑在吧凳上,假装专心喝着咖啡,偶尔瞟着男孩子跟顾客之间的简短交谈。的确,他面对别人,根本就没有脸红。

茉莉又摸了摸自己冰冷的脸,她不会脸

红，已经很多年了。有一次，女人逛商场的时候，胸前的扣子绷了，肥肥的乳房露了半个出来，被女友反复碰她的手肘提醒后，才看到周围几双怪怪笑着的陌生异性的眼睛，她不但没有脸红，反而一边扣着扣子，一边骂他们说，要看，看你妈，看你奶奶去！

她像这座城市的大多数女性一样，只需张张嘴，就轰跑了一群男人。

E

茉莉考虑了好几天，终于把春春约在星巴克，瞪起眼睛，咨询女孩子关于美容、时尚方面的问题，一杯红茶拿铁快喝完了，女人才假装无意地问起，哎，你怎么晓得香猫的咖啡好？

张春春笑了。开头半小时，茉莉出乎意料地谦虚，向她请教若干常识性问题，她就晓得了，对方还没有直奔主题。几年的交往，这个女人的老练，天真，入俗地追求着脱俗，都被她看了个清清楚楚。呵呵，女孩子宽容地笑了，其实我只去过两次，也是一个朋友介绍去的。朋友说，武汉的老外，尤其是常驻武汉的法国人老去香猫，就证明那里的咖啡不错。实际上，咱们能喝到什么，都是一样的苦。咱们晓得什么呢，还不是根据老外的喜好来判断的。茉莉笑了起来，春春就是这样实在又幽默，不装逼，显得冰雪聪明。

这样说来，你跟杨勇并不熟？

杨勇？哦，你是说香猫那个帅哥？我……我跟他没说两句话。

那你以后，也不要在他面前提起我，尤其是……我的生活。茉莉晃了晃塑料杯子，躲着春春的眼睛。旁桌有个小伙子把手提电脑耸在面前，嘴角微微一翘，好像听到了她们的谈话。茉莉心里一惊，目光逡巡一圈星巴克里装精的所有人，犹如鲁迅笔下的那个狂人，连隔壁的狗都怀疑了起来。

我……我怎么会提起你……呵呵，你……是不是想……啊……不会吧……王群哥对你可是……

看你想哪去了，我又不是女企业家，想干

什么就干什么，我只是不想让他了解我太多。

哦。张春春看了看茉莉，好像刚刚才发觉女人这天梳了两根乱七八糟的辫子。她过去一直是跟着七〇后的林志玲变发型的，现在却显然在模仿八〇后的宋惠乔。春春就廾坑笑说，嘻嘻，好色之心，谁没有呢，不过，姐姐，你还是悠着点。

说得多难听啊，我很传统，很保守的。朱茉莉有点不高兴了，她说了句更难听的话，再说，我也晓得，我是靠男人养着的女人，我……应该知足……是不是……

哎，春春拍了拍她的手，姐姐，别生气，你误会了。我只是说……这个杨勇啊，其实是个与众不同的人……春春赶快转移了中心意思，作为补救。她们的谈话，过去也是有一搭没一搭的，阵地悄悄转移，春春牵着牛鼻子，朱茉莉却每次都发现不了，每次都兴冲冲跟过去。这次也一样。啊，那你说，他有什么与众不同。女人的眼睛，立马又亮得像星星了。

春春很有定力地笑了。女孩子故意慢悠悠

地说，我也不是很清楚，只是听我的朋友说，他为了学到最好的咖啡烘焙方法，曾经跑到上海还是北京，在一个台湾来的咖啡大师那里义务打了六年工。那六年里，连师娘的尿钵都要倒。他谦卑的诚心，终于感动了那个台湾人，后来，人家就把烘咖啡的祖传秘诀告诉了他。朋友说，杨勇的咖啡，其实是武汉最好的，可惜，武汉人根本不懂咖啡，包括美国人。你也晓得，连这个星巴克，也不过是拿咖啡在做噱头，卖美国式的饮料罢了。

是的。茉莉很坚定地点了点头。

春春啜了口红茶拿铁，继续说，所以他那里除了一帮法国人和少数的洋买办，本土的去得很少，门可罗雀啊。

哎呀……这   这真像个童话。茉莉眼里突然涌起了一点莫名其妙的泪水，她生怕春春看见了，赶快埋下头，啜着塑料吸管，又补问了句，也就是说，杨勇并没有赚到钱？

现在这个社会，假做真时真亦假。真的还想赚钱？嘁……再说，咖啡文化在中国，还有一个普及的过程，杨勇这种先行者，注定是要牺牲掉的。欧洲人也是花了几百年时间，才真正弄懂咖啡的。

几百年？茉莉失声尖叫了起来。叫完，她却感到杨勇在她心里的影像，不再仅仅是性感，青春，神秘，腼腆，或者脉脉含情了，竟又有了种沉舟折戟的英雄之美。

我果然没有看错。

你在说什么？

哦，我没有说什么。哎，春春，安利又有什么新产品没有？

有啊，有啊。春春马上从大挎包里，把随身携带的产品册子拿了出来。她晓得，茉莉这样问她，就是对今天的谈话很满意。她总以大量买她产品的方式，来感谢她。

F

再到香猫，女人眼里炽热的情欲消退了一些，代之的，是温柔的怜惜。男孩子仍然是脸红，仍然是假作不知地，专心研磨，安静搅拌，一招一式，非常专业地煮着咖啡。

杨勇把洁白的意式浓缩咖啡杯递过来时，女人看到，他的手还是不经意地颤抖了。

女人为这个重复了多少次的细节透露出来的自己的魅力和对方的腼腆，或者说纯洁，心花怒放，又感动万分。她鼻子都有点酸了。

试试，这是我专门为你配的曼巴。男孩子已经跟她越来越熟络了。

曼巴？好像没有听说过耶。女人说话都是八〇后女生的口气。

叫杨勇的男孩子就很成熟地笑了，我把曼特宁和巴西咖啡配在一起给你做的。

哦，谢谢，谢谢。女人假模假式喝了两口，真的好好喝，就是苦了点。茉莉喝的咖啡已经可以用多少公斤来计算了，对咖啡的良莠，实际还是一片混沌。她顺势抓了吧台上的方糖罐，要往里面加糖。男孩子却好心阻止了她，还是不要加吧，苦了过后，尾子很甜的。茉莉听话地住了手，又喝了两口。啊，真的耶，尾子很甜。

其实茉莉尝到的，还是一片巨苦。

这天以后，杨勇和茉莉的关系，进入了一个新的阶段，俨然是非常熟络的老朋友了，每天上午，茉莉在这里坐三个小时，只要店里的客人不多，她和杨勇之间，就要零零星星，一边煮咖啡，喝咖啡，一边聊天。

聊的话题，全是关于咖啡。传说，掌故，研磨，烘焙，包装，用水，品饮，对身体的利弊，以及世界上最有名的咖啡和咖啡馆。简直是一部咖啡的历史。茉莉过去总以为，喝咖啡就是"润泡子"。"润泡子"是武汉的土话，里面有享受，排场，炫耀等若干含义。她在"润泡子"阶段，一直是花枝招展，呼朋唤友地，专找那种面积苕大，名声苕响，装修苕华丽，里面的人苕多，价格也苕贵的地方去。现在女人才发觉，过去的自己，其实很"苕"。"苕"也是武汉方言，好比人家说的那个"很傻很天真"。

从这一天天的聊天中，女人发觉，杨勇的确是一个咖啡狂人。他不仅迷咖啡，懂咖啡，还非常晓得人情世故。跟茉莉认识三四个月了，好像跟她熟到不可开交了，杨勇却还是把握着跟女客人之间的界限，从来没有主动问过茉莉的名字，职业，年龄，甚至为什么每天上午都有时间到香猫来。他不问，他全说咖啡。他用低沉浑厚的声音缓缓讲述它们时，茉莉偶尔也会感到一种深深的失落。

她不晓得自己究竟在不在场。

茉莉张大眼睛，故意装成虚心的学生，逮空不断向他发问，逗出他的话，又海绵吸水一样，吸收着他应她之邀，讲述的那些她根本不感兴趣的知识。她的眼睛，可以长时间盯着他的眼睛了，可是男孩子的脸，却很少红了，男孩子的手，也根本不颤抖了。气定神闲，好是好，可当初的那些微妙东西，全被无数的语言冲没了。

实际上，现实的茉莉就是想把事情推到顾咖啡而言他的理想状态，既玩味暧昧，满足自己幻想的情欲，又不破坏她享福的全职太太的好日子。真的成功了，茉莉却又失落得要紧。每次从香猫里走出来，女人都有了很茫然的感觉。

于是变成了，只有听着男孩子讲咖啡的时候，女人才觉得日子充实。视线里一没有了杨勇，女人的情绪，也莫名其妙地，变得忽高忽低。

婚外情再也不能启动婚内性了。

那个茉莉，通过咖啡触及了杨勇内心的一部分后，竟惊讶地发现，他的内心也像咖啡一样，让人上瘾。这上瘾，让女人的心，一天天走向了远离丈夫的方向。她自己对此却一无所知。王群更一无所知。

做丈夫的每天乐呵着，趁着前阵子被妻子煽动起来的情欲，夜幕降临，四目单独相对时，还想反过来主动进攻茉莉，却好多次都被做妻子的用身体不舒服的借口躲过了。后来的一次，竟什么借口都没有，只是被女人猛力一推，远远地，就躲闪开了。

怎么啦，前一阵不是还骚得很吗？王群开着玩笑，再次扑了过来。

茉莉却突然生气了，什么意思？你怎么这样不尊重妇女，用这么脏的词语来说我。

说了你又怎样，王群嘻嘻笑着，咱们之间，还有更脏的词语呢，你听不听……

肥胖的身子又凑到了面前，男人仍然以为是妻子使的一个小性子，调情而已，没想到，茉莉竟然再次猛力推开了王群。

这一次推得很重，做丈夫的一个趔趄，一下坐倒在了地上，尾椎骨生生地痛。茉莉竟没有像过去那样，心疼地跑过去扶起丈夫。她只是对自己出手的力道，有点不相信似的。两个人都吃了一惊，愣愣看着对方。半晌，王群才说，你他妈的神经了！茉莉听了，也不回话，也不理他，却转过身，拎了自己的坤包，马上跑出了门。

管他的。她好想一个人呆呆，像保护某种圣器。

是十月份的天气了，夜凉如水。她第一次看到杨勇和他那个为咖啡拐弯的话时，也是像这天一样，连衣裙外面套着针织的开衫。但是那是春衫，这个，却是秋衫了。

女人沿着马路走了半天，王群的电话，当

天破天荒没有追来。他过去一到晚上九点，就不要她单独出门。他总吓唬她说，夜晚的武汉，遍地都是流氓。好像他的老婆是埃及艳后似的。女人走在自己的心路上，完全没有注意到这个不同。

接近十二点的时候，茉莉终于感到了脚痛，她叹口气，不得不找了个路边椅，愣愣坐了下来。女人端坐半天，看着不远处人头攒动、热气蒸腾的排挡摊子，竟觉得世界荒凉无比。她突然软弱下来，拿出手机，迅速拨了个电话号码，刚要呼叫，却发觉屏幕上是张春春的号码。呵，张春春。女人赶快掐断了电话。

什么都要自个儿面对。女人恨恨想。她好想哭，却哭不出来，憋了半天，却突然小声说了句，我爱你……

话音刚落，木头条椅的背后，却扑愣愣飞出了一只大大的粉蛾，擦了下她的颧骨，直直冲向不远处的路灯。茉莉吓了一跳。

G

过不好日子的家庭，总是相似的。茉莉几乎在每一个细节上，都开始看不惯王群了。

看不惯他肥胖的腰身，听不惯他吃饭咀嚼的声音，闻不惯他身上散发出来的任何气味。

这些隐秘的嫌弃，女人却以不隐秘的方式来表现。她指责王群帮她递盘子晚了点，她指责王群上学的时候忘记了给女儿带酸奶，她还指责王群给秘书打电话的时候太盛气凌人。你以为你有两个钱，就不得了啊。她这样说着王群。王群却总是一笑置之，莫名其妙，我看你是更年期提前到来了吧。你才更年期呢，你全家都是更年期。茉莉更加有力地还击了他。王群只好闭上了嘴，一如既往地，躲进了自己的书房。

这样的退让却滋长了茉莉的脾气。到了后来，她竟然不再指责他，而是大声地呵斥他了，像那些呵斥不能挣钱养家的丈夫的中年妇女一样。

王群每天回来遭受呵斥，都很想提醒茉莉，想想谁是一家之主，谁在养活谁，但一想到这个提醒可能会招致更大的呵斥，男人就决定暂时装聋作哑，忍忍再看。

有一瞬间，王群也撇开"更年期"之类的，怀疑到了"不爱"这个词语上，但是，他已经年过四十了，晓得男女之间，情感的占有并不是最重要的。中国的中年夫妻，有几对还有爱情呢。作为商人，他更在乎一种格局。尽管格局在某种程度上，看起来也像占有。为了这格局，他拒绝的漂亮小丫头，至少有一打了。即使是在洗脚城这些地方，被那些有山有水的异性拨弄得心旌摇荡，他最后还是很完整地走出了大门。他从来不跟茉莉说这些，说这些有讨好和表功的嫌疑。他不需要讨好，只觉得这是强者和弱者的区别。强者是懂平衡的人，这正如他把财产的大头保留在建材公司，还背着茉莉涉足了地产和股票一样。

强者，只需要做给自己看。

自认为是强者的男人没有像一个普通的丈夫一样，跟女人对抗，或者冷战，他端着革命电影里那些思想工作者一样的正脸，在一天晚饭以后，很严肃地对妻子说，茉莉，正好今天文文去外婆家了，我想我们应该趁这个机会，好好谈谈。

茉莉就说，谈什么？

王群就说，来，来，坐下来，我们谈谈我们之间的事情。

两个人隔着西餐桌坐了下来，每人面前一杯碧螺春。落地窗帘隔开了外面的月色。音响关了，电视电脑都关了，只有柔曼的欧式落地灯开着。茉莉冷眼看着王群摆弄完这些，就说，有什么话快说，搞得这么严肃干什么！

王群就呷了口茶，然后说，茉莉，我的确是很严肃的。我觉得最近我们这个家庭，出了点问题。

什么问题？茉莉一惊。

王群想了想，斟酌了一下词语，说，你好像对我很不满。你知道吗？你整天在家里骂我，对文文的影响很不好。我在外面拼命挣钱，我娶你这个受过高等教育的武汉女人，都是希望有一天，我这个农民子弟生的女儿，能够成为真正的大家闺秀，你这样天天闹，她要是以为做妻子就是这个样子，学你的样，那我一切的努力，都白费了。

茉莉跳了起来，我什么时候骂你了！

好好，不要激动，你看，你现在一跟我谈话，就激动得很，文文前两天还说，爸爸，我们出去吃饭吧，回去妈妈又要骂你。

真的？

真的。

茉莉沉思起来，不说话了。文文也是她的命根子。

王群又呷了口茶，偷觑了女人一眼，才说，我晓得，你可能对我有意见了。有意见就提嘛，我好改正嘛。你不提，我哪晓得自己什么地方不好呢。要是矛盾误会越来越深，文文怎么办，我可是不想离婚的人啊。你晓得，我父母离婚的事情，对我童年伤害很大，这样的悲剧，我不想在自己女儿身上重演。

王群软塌塌说了这番话，里面却暗藏着威胁茉莉的意思。女人听懂了，也暗暗吓了一跳，却还是假装油盐不进，不作声。

你说说，我究竟有什么不好了。

茉莉顺着他的声音想想，倒一时半会儿，真想不出王群的错误。但是女人多年来，从表面上一直是在丈夫面前占上风的那种，她肉煮烂了，嘴也是硬的。所以，她想破了头，最后终于还是找到了一个理由，闷闷说，其实，我就是看不惯你卖水管给别人的时候，以次充好的行为。茉莉晓得，自己是顾左右而言他了。

以次充好！天哪，我要完完全全遵纪守法做生意，你的财产能增加得这么快吗？你晓不晓得，现在竞争有多激烈。我……我还不是为了这个家嘛！王群跳了起来，有点恼火，你什么时候变得这样正直了？

茉莉也站了起来，我一直都是正直的。你当初不是还夸过我，说设计师里没有我这样一分钱红包都不收的，你还说，你就因为这个喜欢我，你都忘记了？

呃，呃，王群有点语塞了，他想了想，脸微微红了红，然后走过来，揽了她的腰，柔声说，女人，的确是纯洁点好，不好的事情，还是留给男人来干。要不，人家贾宝玉为什么说女人是水，男人是泥呢。

茉莉颤抖了一下，泪流了出来。她想到刚才离婚的话，竟没有推开王群。王群得了暗示，竟又靠得更近，干脆把她抱在了怀里，两个人囫囵扯到沙发上，坐了下来。

女人又感觉到了丈夫的坚硬。她闭起眼睛，想到了杨勇，眼泪更汹涌了。

王群看她那个样子，还是小女人的样子，就伸出一根指头，帮她抹了脸上的泪珠，放低了声音问，哎，为什么突然会计较起这些事情来了。茉莉没有马上答话，又闷在男人的胸口哭了一会儿，才抽泣着说，我最近看了一篇小说，是英国的高尔斯华绥写的，名字叫《品质》，说的是一个做靴子的人，即使饿死，也要把靴子的质量彻底保证，决不以次充好……女人又哭了起来。

其实，这个小说是茉莉学生时代看过的，她不看小说，已经很久了。她只是因为杨勇而想起了这个小说，她在心里，把杨勇看成了那个高贵的鞋匠，充满光环。但是，杨勇啊，是她口中永远不能说出的秘密。王群却笑了起来，哎哟，原来是小说惹的祸。亲爱的，我也想做一个真正有品质的商人哪，可是这个社会……哎，看来，我的老婆，还真的不是装嫩，是真正的嫩啊。不过，这样，也更招人喜欢。

王群说完，就把嘴凑了上来。茉莉用了毅力，为了文文，忍住了恶心。

女人在接吻的时候，再次泪流满面。呵呵，看来，我必须尽自己的力量，去忘记杨勇。我要顾大局，识大体，做一小强者。

H

因为有了彻底牺牲这段感情的决定，茉莉再到香猫的时候，看杨勇的眼神，都是凄绝的。

你怎么啦，不舒服吗？杨勇端过来一杯蓝山，关切地问。

哦，没有，没有，只是……哎，为了忘却的纪念。

你在说什么？

我在自言自语。茉莉怪怪地笑了，你去忙吧，不要管我。这天清晨，女人离家前，在心里给自己做了个规定，再来两次，就再也不来香猫了。她晓得自己总来，就会总想着他。杨勇的身上，仿佛有一种磁力。

哦，我简直是在挖目宰手了。狗日的王群，要是这辈子对不起我这个牺牲，老子就杀死他。女人想的，全是吓人的词语、句子，想着，眼眶也湿了。杨勇看她那个样子，奇奇怪怪的，也不敢多问，只好退到旁边，煮起了咖啡。

茉莉叹着气，远远看着他，不再搭讪了。杨勇煮咖啡的样子，在她的眼里，显得特别无辜，无辜到让她深深心疼。多么纯洁的男孩子啊，他哪晓得我们这些中年人的现实。为了庸俗的生活，牺牲高贵的爱情，呵呵……茉莉的泪终于流了出来，她赶紧离开座位，跑到洗手间去了。杨勇有点愣愣地，看了看她的背影。

茉莉十分钟后再出来，妆已经补过了，显得十分平静。男孩子走过来，拿了她的咖啡说，凉了，不要这杯了，我重新给你煮。不用，不用。茉莉赶快摆手。男孩子就说，咖啡低于七十度，就不好喝了。茉莉笑了，你果然是……太精益求精了。

她只好由着他去。

新的蓝山端了上来，茉莉竟忘记了说谢谢。又是早上九点，这天咖啡馆里还是只有他们俩，但是，却又什么东西绊住了似的，两个人都选择了沉默。

新的蓝山终于见底了，茉莉才开口说，杨勇，我以后可能会来得比较少了。

为什么？男孩子显然吃了一惊。

哦，我的工作要忙起来了。茉莉本来打算，临走之前，要把一个高级水电设计师的身份，留在对方的记忆里，没有想到，话到这个分上，男孩子还是坚持着主客之间的界限，没有问她的职业，没有要她的联系方式。茉莉感到了一种失望，泪水重新涌上了她的眼眶。是我太自做多情，还是他太胆小了呢？茉莉不得而知。这刚刚涌起的疑问，竟然又滋生了她的好胜心。纯粹女人式的好胜心。茉莉把准备抬起来的屁股重新坐在了凳子上，没话找话，继续延宕时间，问着杨勇。

哎，你的这个咖啡屋，为什么叫香猫呢？

哦，男孩子笑了，香猫，是一种顶级咖啡的名字。

哦，那你说说。茉莉凑了过去，显得兴趣盎然。

传说早前，在印尼岛上，有一种叫 Luwak 的麝香猫，喜欢吃多浆的咖啡果实，吃后又不能消化，只好排泄出来。岛上的人就发现，这种经过香猫肠胃发酵的咖啡豆萃取以后，质地晶莹剔透，毫无杂质，即使煮三次也异香扑鼻，甘甜无比。香猫咖啡数量极其稀少，是现在世界上最珍贵的一种咖啡。

原来你的店名，来头这样大。

呵呵，真正热爱咖啡的人，都希望有一天，能亲手给大家煮香猫咖啡。就像运动员一样，没参加过奥运会，死也不瞑目。

也就是说，香猫只是你的一个理想，你这里暂时还没有香猫。

那当然，香猫很贵的，我这里怎么能够有。

有多贵？茉莉仗着自己那些存折，理直气壮问了一句，有我这个LV的包包贵吗？她举了举自己的小坤包。

那当然，当然不能比。男孩子满脸绯红，腼腆地笑了。我只是说，它比蓝山，还贵十多倍。我说的是真正的蓝山。

呵，因为它比蓝山贵十多倍，你就永远把它当成一个幻想来供着了。茉莉觉得对方有点庸俗。

也不是……男孩子嗫嚅起来，它，它不是价格的问题，它产量很少，每年就几百斤。我甚至怀疑中国有没有真的……而且，它是一种品位，一种规格，它跟我这样两三万元开的咖啡屋，很不匹配。就像公主跟仓库不匹配一样。

哦，要到五星级的酒店才能喝到？

五星级的酒店也没有。哎，我怎么跟你说呢，也许对于一般人来说，在哪里喝都可以，对于我来说，香猫一定要有一个跟它匹配的环境，我才能享受煮它的快乐。这个环境，不在于有多奢华，我说的……呃，我说的，是一种气质，一种风格，甚至，是一种气场……我……我打心眼里尊敬它，它是有生命的，有灵性的……我不清楚，你听懂没有。

茉莉瞪着眼睛，看了他半天，才说，你果然是那个鞋匠，你在为那样一个你理想中的咖啡馆努力，是不是？

男孩子也瞪着她看了半天，才说，鞋匠？我不懂。反正我在努力。

茉莉想了想，就笑了。笑过，女人下了决心似的，突然说，你跟我讲讲，你离这个理想，这个可以有机会煮真正的香猫的咖啡馆，还有多远。我可以助你一臂之力，多的不行，十万，二十万，还是可以的。这是女人搞点手脚，不被王群发现的财务漏洞的上限。

男孩子显然吃了一惊。啊，不行，不行，那怎么好意思。

你怕什么？我不要你任何回报。算我借给你也好，算我入一股也好。总之，我也是，为了忘却的纪念。茉莉说着，眼眶红了。

男孩子吃了一惊，你在说什么？

呵呵，茉莉赶快掩饰自己，我在说，我也爱上咖啡了。我的人生，也因为咖啡转弯了。茉莉声音哑了，我……我愿意跟你一起，像维也纳的 Hawelka 一样，为咖啡文化在当地的传播，不计个人得失，奋斗一生。女人引用了男孩子曾经告诉过她的咖啡史的故事，反过来说服着对方，要他接受她的帮助。

啊，杨勇，人活在世界上，是应该有一点精神的。这正是你这几个月教会我的。茉莉说着，眼眶又湿了，其实她自己也分辨不清，她是为自己不能实现的爱情而感动，还是为咖啡而感动。

男孩子很复杂，很深邃地看着她，没有脸红。

几天以后，茉莉终于说服了男孩子，把

二十万打进了他的太平洋卡中。她当着男孩子的面，撕碎了他认真写的、上面还按了他手印的欠条。

女人说，杨勇，你这样做，是对我的亵渎，也是对咖啡的亵渎。杨勇看她那个样子，也不再坚持，只告诉茉莉，他已经看上了一个门面。他还问茉莉，要不要一起去看看。茉莉就说，你办事，我放心，我去看什么。再说，咖啡馆是你个人的，你以后赚钱了，把那二十万还我就行了。啰嗦这些干什么，就当我是你姐吧。杨勇就说，谢谢姐。

做完了这些，茉莉有种奇怪的感觉。拐弯的感觉。这感觉很重要，很折磨人。茉莉其实非常书呆子非常小资，为了这感觉，她决定要干点什么，想了好几天，才终于买了张机票，一个人跑到丽江去了。她穿行在那个古老的城市里，整理了一个星期自己的身体和精神，最后的结论也在心里得出来了——她，朱茉莉，在三十七岁的时候，终于找到了做全职太太这七八年来，从来没有过的幸福感。她看到远方看不见的武汉，也似乎霞光四射，有一种叫做希望的东西在等着她。那希望里，有顶级品质的咖啡，还有顶级品质的、柏拉图式的爱情。她的后半辈子，总算有了强大的精神寄托了。

她走走停停，时而微笑，时而轻叹，时而一掌击在横跨流水的木头小桥上，像一个神经病。她的坤包里侧，藏着一张刚刚在网吧里打印下来的词条。中途找个客栈打尖的时候，女人也控制不住自己，拿出来看上了好几遍——

香猫，一种对伴侣彼此忠诚的猫科动物。这种动物一生只认定一个伴侣，如果中途失去爱人，另一半会快快不乐，忧郁而终。

香猫象征着忠贞无比的爱情。

女人反复看着词条，轻声念了出来。配合着声音，她心里想到的，竟不是王群，而是那张跟 Rain 一样帅的脸。

I

回到武汉的当天下午，茉莉草草收拾了一下自己，就开着宝来，急匆匆往香猫赶去。

她在丽江的几天中，已经想得很清楚了，自己其实没有必要回避这个男孩子，她只是要凭着毅力，把自己对他的喜欢，化成跟他一起追求咖啡文化的力量。她在今天就要告诉他自己真实的年龄——她一直捂着、可能会吓坏他的年龄。她可以坦然地，让他喊她姐姐，甚至阿姨了。她要跟他建立一种深厚而纯洁的关系，呵，为了忘却的纪念。她要默默地支持这个香猫一样的极品男孩子在武汉传播咖啡文化，不要任何回报地支持，让他像维也纳那哥们一样，因为这工作被载入史册，成为国宝。她甚至还想到了，他以后有了女朋友，有了老婆，她都要真心把她当妹妹一样来看待。

女人再次被自己感动了。等红灯的时候，茉莉双臂盘在方向盘上，再把脸趴在手臂上，流了会儿眼泪。绿灯亮起时，她迅速看了眼后视镜中的自己。呵呵，幸好今天用的，是防水睫毛膏。

　　茉莉把车停在香猫门口时，已经是下午四点左右了。冬天的太阳懒懒挂在头上，苍白得像个纸影子。茉莉推开玻璃门走进去的一瞬间，大吃了一惊。香猫的一切，都没有改变。连墙上报纸的破损边角，都一样在空气中摇曳。那句为了咖啡，人生在这里拐弯的话，还浪漫地挂在那里。可是塞风壶后面，站的却不是杨勇，而是一个肥胖的中年男人。在茉莉的美容知识里，这样的男人浑身积满了毒素。另外，在三三两两客人中忙着斟水的两个小弟，也变成了一个齐眉刘海的小姑娘。

　　杨勇呢？茉莉奔讨去问。

　　杨勇？谁是杨勇？男人开口，就送过来一股中年臭。

　　我说的，是这个店子的老板啊。茉莉忍住了恶心，耐心解释。

　　哦，你说的是原来的老板吧。现在，这个

店子是我姐夫哥的。

杨勇把店子打出来了。

早就打出来了。

不可能，他说要另外开店，只是十来天前的事情。

你要不信，我就没有办法了。

茉莉想了想，马上打开手机，给杨勇打了个电话。手机里却有一个电脑声音告诉她说，您所呼叫的手机已停机。茉莉合上电话，说，糟了，我也不晓得他的新店子开在哪里，只怕在忙装修吧。

那男人就说，你找他干什么？是他的老顾客吧。恐怕你喝不到他的咖啡了，我听我姐夫哥说，好像人家要到外地去发展了，说什么武汉人不懂咖啡。

外地？不可能！茉莉尖叫起来。把你姐夫哥的电话给我，我亲自问他。

中年男人见她这样，就吓了一跳，想了想，才说，哦，我姐夫哥去外国买咖啡豆去了。这是一个显而易见的谎言，茉莉却拿他没有办法。

于是女人妥协了，对他说，我跟杨勇没有什么纠纷，你不要想太多，我只是喜欢他的咖啡。男人就说，小姐，那你喝杯我煮的嘛。我们咖啡也不错的。茉莉听了，却不回答他，只瞪他一眼，又把按下去的气，生了起来。女人一指他的头上说，既然不是杨勇的店子了，干吗还挂人家说的话。她把气都撒在了这个陌生男人身上，有点找歪的意思了。

男人听了，也有点不高兴了，就杵她说，这条街十几个咖啡馆里，至少有一半挂了这句话，我凭什么就不能挂。

你是说，大家都写了杨勇的这句话挂在墙上？

杨勇，哧……这是人家老外说的，我师傅的师傅就挂这句话了。

茉莉又怔住了。她呆了会，才傻傻问，哪个老外？那男人就说，我怎么晓得呢。

女人终于偃旗息鼓了。

茉莉闭了嘴，想了想，半晌，才慢慢转过了身，佝偻着身子，一个人走出了香猫。背影看上去，远远不止三十七岁。那个中年男人窥视了她半天，还是不甘心地在后面喊了声，喂，喝杯我煮的吧，我跟那个什么勇，一样的。其实他看出茉莉根本不会搭理他。

茉莉来到宝米面前，似乎清醒了些。她掏出手机，反复核对了一下号码，又给杨勇打了个电话。电话里还是提示说，您所呼叫的手机已停机。茉莉颓丧地站在街边，又想了想，自己借钱给杨勇的时候，男孩子第一次留下了她的号码。他停机了，她不能联络他，可是她没有停机，他可以找她啊。可是，他哪一天才会找她呢？如果……天哪，这等待一个电话的所有日子，该怎么度过。

茉莉慢慢蹲了下去，像胃痛的人一样，苦着脸。两分钟之后，女人的心却突然"怦怦"乱跳了几下，她"霍"地站起来，急急打开车门，一屁股坐上去，一边倒车一边自言自语说，呵，这个鬼人，忙着装修店子，竟然忘记了交话费。女人说着这话的时候，还使劲笑了一下。

五点以前，朱茉莉冲进了联通的营业大厅，

找到缴费处，手指颤抖着，输入了杨勇的手机号码。柜台里面的小姐抬起头来，大声念了一遍男孩子的手机号，然后问，是这个号码吗？茉莉说是的。小姐就说，机主名字叫……

小姐把头凑近了电脑屏幕，还没念出来，茉莉就抢着说出了一个名字，张春春！！对方奇怪地看了她一眼，纠正说，机主叫杨勇，不叫张春春。小姐，你还要交吗？茉莉奇怪地牵了牵嘴角，说，哎，看我想到哪里去了。交，当然交。

女人说完，就从钱包里抽出了几张百元钞票，想了想，却放了回去，重新从坤包外侧的口袋里，拈了张皱巴巴的五十元人民币，递了过去。

八卦之阴鱼眼——噪

A

辞职没受到任何刁难和挽留，据说办公室

主任这个岗位实在太好招聘到人。李明心里想好的一些借口，比如身体不适啊，家里人（家里没人，只有他了）要求回乡去料理一些事短期不能回啦，全都没用上。到财务室结算完工资回办公室收拾东西时，一个文秘非常虚伪地说了声："欢迎常来玩。"活活把"李主任"几个字省掉了。另一个常被他批评的立马当他空气了，拉着脸在他身边进出。还有个一直在跷着兰花指撕各种文具包装，走的时候还是他主动走过去道别，对方才抬起头，恍恍惚惚回了声"再见"。

他不意外。他早判断这个公司都是坏人，只不过先前以为自己手下三个姑娘不是——有点意外，还有点如释重负，甚至惊喜——他况味复杂地一抬眼，办公楼的大门外面，正是蓝天白云。有驾飞机在远远俯冲，喷出一行美丽的金线。

像李明这种一路靠读书砍倒无数对手的人，内心如小径分岔的花园，自己对自己也常保守秘密。即便一个人的时候，他辞职前都没去摊开来想早已瞄准的创业契机，好像怕那个宝贵东西会被惊扰似的。实际上，他早已选定了新的生活方式——一台电脑，一个人，居高临下指导众生，财源广进，衣食无忧，还可以不跟真人打交道——是的，他要做一个微博情感专家，垂帘听政。

当初在梨花镇的时候，父亲大字不识几个，只想到孩子能上大学就行了，能考中研究生更是阿弥陀佛家门大吉。在选择专业的时候，父亲说啥好考就考啥，咱不去挤人多的路。李明哪里是征询父亲意见呢，实际上只是变相通报。他也是生怕自己考不上，早就确定了哪样好考考哪样。"城市孩子喜欢理科，文科让咱乡下人来读吧。"他对父亲说。

出来混总是要还的，前期读书占了便宜，后期找工作没想到那么难。李明高中同学读工科商科研究生的，如今在房地产公司和银行挑中梁的人都有（毕竟都三十四五岁了），买了复式楼和小车，娶了城市里处长科长们爱死命给厨具消毒、爱磕磕巴巴弹钢琴扰民的女儿，而他还在到处应聘三五千一个月的工作，买房和结婚完全没列入目力所及范围——直到他发现微博情感专家这个职业。

简言之，这个职业需要有一定的心理学知识（很好办，读书出身的李明只用一个多月就涉猎了不少该行业宝典，够用了），不需要考证，不需要暴露真实姓名，不需要面对面咨询，不需要纳税……很多不需要……只需要让别人相信，他可以指导人生，并且把钱打到他的账上。

李明认为，市场还需要细分。他发现微博情感专家有的以解决性困惑为主，有的以调和婆媳妯娌矛盾为主，还有的以指导傍上高帅富为主……不论哪一种，先都要在微博发一些言论（最好偏执一点，辨识度要高，甚至稍微踩一点社会道德的边边，但切记永远站在女性立场，因为只有她们才会在迷茫的时候求助于大师、专家或者仁波切，才会往他的账上打钱；男人则大多去买酒找朋友痛喝，并且咬着牙，什么都不说）；然后需要的是假造一些咨询者来信，自问自答，里面的故事最好编得离奇一点，脑残一点，带点色情意味，引得不想咨询的人也来转发抨击或者窥视猎奇（李明想到这里，感觉对某位大火的中年妇女情感专家很鄙视，她编造的读者来信几年来每篇的遣词造句风格都一样，尽管没人识破，但总归是对专业精神的一种亵渎）；最后，再把第一批上钩的鱼儿汇来的钱用去买商业微博推广，获得更大名气、更多粉丝——鸡又生蛋，蛋又生鸡，子子孙孙，无穷匮也。

李明在电脑前伸了个懒腰，感觉这白手起家的事业迟早会让原同事知道他过去被屈才了。

他决定专门倾听最隐私的情感，无论不伦之恋或者虐恋。他注册了一个微博名叫＠人肉树洞阿明，个人简介写着：倾听情感隐私，免费帮助爱的苦主，如树洞一般永保秘密。

免费咨询不过是专家必备鱼饵，李明早已计划好，半年后改为每天只免十人，深度咨询另辟付费平台，微博便转变为挂号窗口和宣传机；再以后，走一步看一步，总之就是要如观音一样普渡众生。"观音也要收香火钱的。"

他想，"没经济效益，难以支撑安宁的生活。"

他感觉自己多么喜欢安宁，比如梨花镇那种只有蛙鸣的夏夜。除此之外，他并不想如某些情感专家那样叱咤风云，频频在电视里抛头露面，也不想发大财。

B

困扰李明已久的失眠症，因辞职立马有所好转。

那个失眠症起源于哪一年，他几乎不记得了，读书期间两三点之前睡觉是罕见的。他就是这样拼，才顺利拿到了本省最高学府的中文硕士文凭。于是问题就来了，半夜两三点还辗转反侧的痛苦，是读书后遗症呢，还是工作焦虑症？或者换个说法，工作创伤症——他每天晚上躺在床上都会仔细回忆领导、同事们白天说的每一句话。在回忆之前他的心情有点乱七八糟，回忆之后就更加乱七八糟了，但他却对这种抽丝剥茧、探幽入微的方式越来越入迷，每晚必做。

"思考带来真相，令人智慧。"他想。

有天他甚至发现，"抽丝剥茧、探幽入微"其实代表着事物的最高形式。比如说，课讲得好的老师不见得讲得有多特别，无非是挖得更透、掰得更细；而学霸与普通学生的区别，也在于是不是更注意课本每句话背后隐含的意思；推而广之，任何做得好的企业，无非也是方方面面胜在细节上……但，做人过于细腻，却总把他推向一片翻江倒海的恶浪之中，每晚久久不能平复，甚至有想着想着便气得坐起来，干脆一夜不睡的时候。

越想，他越觉得每个同事的心都挺肮脏。他没说过的话，同事可以在总经理面前变相强加给他；他有功劳的时候，会有人用语言委婉抢过去；他不小心办错事的话，各相关部门经理或者员工，则会群起而攻之，故意天塌下来了一样。有次仅仅就是分发的便签纸质地不好，就吵翻天了。

李明曾经仔细考虑过背腹受敌的原因：下

属也许是觊觎他的位置；平级也许是想塞亲友进来代替他；还有些没原因的，也许只是嫉妒他无亲无靠，还能在这里获得比他们更高的文凭、更多的工资……他分析了很多，有时会拿起一支笔，念念叨叨写写画画地，用只有自己明白的符号在纸上一步步推理（免得别人不小心捡到纸，看透他内心世界）。他一般是从社会道德的堕落，传统文化特质，甚至后现代集体无意识等比较专业的角度来分析自己遭受的人际暗潮，但又有什么用呢，他还是晚上肚子气得鼓鼓的，白天又拖着疲惫的步伐，去到公司假装什么事都没发生过一样，日复一日。

现在辞职啦，离开人群，精神状态的确是改善了，他连续几天在十二点之前睡着了，甚至有一天，十一点就睡了。可是，另外一个问题又来了。过去，他虽然凌晨两三点后入睡，但能睡到七点左右，也就是睡四五个小时；现在，他十二点前能忘记前同事们狰狞的面孔了，但醒来的时间，却提前到五点左右了。算下来，依然只有四五个小时睡眠。

　　尽管，他的身体因不上班变得好了一些，不再咳嗽，不再腿软，地板上的脱发也少了许多，可他死死记得，当今的科学成果一致认为：他这种年龄的人应该睡到六七个小时以上，才对肌体有益——这真令他忧郁——那么，又是谁，继续代替前同事们，夺走他每晚两个小时的睡眠，也就是夺走两个小时乘以三百六十五天，再乘以他可能留在世界上的四十年，总共两万九千两百个小时鲜活的生命呢？

　　他很快找出了凶手。

C

　　世界给他一个耳光（睡眠时间并未增加）的同时，却又给了他一个奖赏。李明在微博的业务开展得非常顺利，开张就有人私信咨询了。

　　这三天他其实还在事业预热阶段，没干什么大事，先关注了一千个可能会咨询情感问题的中青年妇女（大部分人没理睬他，有几十个回粉了），又花钱买了一万个可以转发评论的高级僵尸粉，再跑到微博比较有名的情感语录专家的主页里寻找几年前被人遗忘的段子，改头换面，曲里拐弯抄袭过来。比如，人家说——有时候恋爱感觉累了，也需要休息，不要以为两个人相处，只要一味对人好就行。人性很古怪，你一直对人好，别人习以为常了，就不再珍惜，所以，爱要学会一张一弛。他便利用自己的文采改写为——爱乃一场拔河赛，无论贩夫走卒、达官贵人，皆受力学原理支配。你拔多了，他就慢慢放手；你拔少了，他则使劲收紧绳头。

如此半雅半通俗的剽窃改编，对他这个名校中文系硕士生来说，太容易了。但他要求自己悠着，不能刷屏，每天最多端出五六碗心灵鸡汤哺育饥渴的妇女，另外再转发评论几则新奇的微博，且品位要高，评论要到位，内容涉及方方面面。总之，既要使自己微博鲜活好看，还要让读者体会到他的智慧沉淀，相信他具有指导别人过上好日子的魔力。

事情顺利得有点意外，几乎不到两天，就有一位名叫茉莉亚的女人在私信里向他求助了。茱莉亚是这样说的："树洞老师，您好，我有秘密迫切想要向您倾诉。"李明矜持地回复："好的。"茱莉亚继续说："我是一个对男人非常感兴趣的女人。"李明不回复，继续矜持等待。茱莉亚便说："我很容易爱上男人。"茱莉亚又不说话了，好像在故意等待李明多说。李明考虑了一下，便回复道："只要还没衰老的女人，都会对男人感兴趣。"茱莉亚立马回复道："我不是一般的感兴趣，我非常感兴趣。可以说，每一天，只要有空闲的时间，我都在想他们。尤其是他们的生殖器。"李明一惊，反问："他们？指一种性别？还是个体的人？"茱莉亚就说："我的五十六个情人。"李明更震惊了，却表现出医生般的淡然："五十六个？是同时存在的情人吗？"茱莉亚说："是两年之内交叉淘汰合计的数字，同一时间也许会有七八个。自从我听了《五十六个民族，五十六朵花》这首歌后，就决心要拥有五十六个情人，然后我就做到了，但是，我的烦恼也来了。"李明浑身一颤，阴部热了一下，兴趣大增。这个茉莉亚也许就是一个非常奇特的病例，假若他帮助她解决好问题，他的新事业也就开始启航了。

"你能详细谈谈，你的烦恼是什么吗？看我能不能帮到你。"李明很客气地把字打了过去，没想到对方却没有回应。他感觉很久没回应，却忍住不追问她，直到感觉不想等了，才又掉对话页面。半小时后，茉莉亚却打字上来了："树洞老师，对不起，我在公司很忙，忙里偷闲跟您说话。来日方长，容我有空慢慢向老师咨询。我先忙去了。88。"李明还想说什么，可是微博桌面交谈的 @ 美人茉莉亚 的头像已经显示不在线了。

他从这个令人亢奋的咨询者身上理好思绪，转回自己现实的烦恼中，那个每天五点准时醒来的事情，已经持续好几天了。

每天醒来的时候，他会顺手拧亮台灯，看一眼床头柜上自他辞职业已退休的闹钟，非常精准的是，次次都是五点左右，相差不过一两分钟，无论他在不在梦中。伴随睁开的眼睛，还有"怦怦"的心跳，李明像被噩梦惊醒了一般。

不出三天，他终于发现了按时醒来的原因，不是自然醒，是被一种声音惊醒。也就是说，每天早晨五点（那时还是春天，天黑黑的），他居住的楼房的下面，会传来"砰砰"几声响动，整个过程断断续续有十来秒的样子，声音不大不小，但足够住在顶层七楼的他听到。他确定是这声音惊醒了自己，第二天专门把闹钟设定在四点五十，提前醒来等候着它，一听到，就从床上弹跳起来，撩开窗帘，却什么都没看到。

原来，他住的房子楼下，绿化非常好，几排樟树已经浓密高大到快要遮住三楼的窗户。树林中的小路上本来有几盏城建标准路灯，却因物业节约电费换成了几瓦的节能泡子，光线暗淡得几乎穿不透树阴。声音的制造者和路灯一起，都被浓密绵长的绿化带保护了起来。

李明试图放下这事，忘记这事，继续跟茱莉亚探讨她的五十六个情人，但不知为什么，自发现声音那天开始，他的身体竟每天提前到

四点五十分自动醒来，心跳怦怦地等待着五点
整那个声音。

D

茱莉亚继续给李明带来惊喜，她的文字叙
述能力非常好，每天忙里偷闲，会来私信里说
五十六场恋爱这一壮举中的细节，一点点一滴
滴，写得非常详细，每次只写几十个字，又去
忙了。本来，咨询者可以不写这么详细的（怎
么勾引，怎么上床，做爱的感受，心理的博弈
等等），但李明控制住自己，没有禁止她，让
她深度倾诉唠叨。他还控制自己没有在微博透
露一点精彩片段吸引粉丝。尽管那时他已经开
始每天假造两封咨询信，并煞有介事地回复，
但茱莉亚的事儿，他决定把她故事掏空之后，
再用匿名咨询者的方式发出来，吸引其他客户。

茱莉亚片段式的叙述塑造出她丰满的形
象：某公司办公室主任（多么巧，竟然是李明
同行），事业有成，拥有庞大的生活朋友群（指

客户与职能部门之外的人）。她把职业与生活分得很清楚，在两个群体中使用不同的名字，扮演两种不同的角色。职场上的她聪明能干，冷静隐忍，几乎就是商学院教科书严苛培训出来的那种职业经理人；下班后的她除了性行为放荡外，还少量吸食麻果，而且有暴饮暴食症。在五十六个达成默契互不追究爱情与婚姻的情人群体中，她与他们的关系并不稳固。有时她显得非常合作、迷人，招人喜欢，有时却会为了一点小事（比如出门时对方没给她先开门等），感到受了极大侮辱，大发脾气，甚至因此与他们中某几个大打出手，导致关系破裂。茉莉亚并不是为了不停换情人而故意在小事上找茬，她是真的会抑郁、生气、甚至狂怒，这自然导致她的情人群不停地在吸引、投入、依赖、又不停解散中轮回，两年内共经历了五十六位，刚好吻合了那首歌，然后，她就遇到了她的树洞先生，开始咨询治疗。

　　茉莉亚说："他们并不是我的唯一，也没有任何情感承诺，其实我根本不在乎他们的，但为何一点点被轻视，我就会那么痛苦？有时候，说真的，我被某个情人的一个眼神伤害了，或者只是从床上他的背影中读出对我性魅力的轻视，我都想立马去跳楼自杀。是真的想自杀。我怕我哪天会干出这事儿。"李明回答说："这不过是一种典型的边缘性人格障碍，需要去心理医院制定一套规范的治疗计划。大约与你从小没有受到亲情的滋润有关，甚至你童年可能经受过性虐待。"茱莉亚回答说："太神了，树洞老师。八岁的时候，父母离婚了，谁都不要我，我只好跟着外婆一起长大。那时外婆身边一个舅舅，比我大十岁，正是青春期，没有女朋友，有次他趁外婆不在家，诱奸了我，并一发不可收拾，直到我成年离家后，还偶尔来这座城市骚扰我。哪怕他后来做了父亲，也会一年来看望我两次。他每次完事后都威胁我，只要告诉任何人，就会杀死我。前几年，他患肝癌死了，我现在可以随便告诉你了。说真的，树洞老师，舅舅诱奸我的方式太奇怪了。"李明感觉到下体一热，但依然控制住了自己没打字过去催促茱莉亚快点讲。没想到茱莉亚又沉默了，一直沉默，第二天才来说，公司里有人找她谈事儿去了，当天一直忙到夜里很晚。

他们谈起茱莉亚舅舅的时候，是中午十二点四十五分，再次重新捡起话题，却是第二天下午三点过八分，整整二十大几个小时，李明感觉很煎熬，下体一直隐隐发热。他很想知道，那个舅舅是怎样搞少女茱莉亚的，同时，他也很清楚了，在茱莉亚的人生中，无数的男人苍蝇一样包裹追逐着她，非常主动，因为，她太漂亮，太性感了。

李明在梨花镇的时候，也喜欢上了小他八岁的邻家女孩。那时他十五岁，女孩子也是八岁，长得洁白如玉。他总在梦里遗精，却从来没想到过要去勾引她。哪怕拉拉她的小手，他也感到如触碰高压电一般危险。

在本科和研究生阶段，李明的确有过几次性经历。第一次，也就是奉献男孩子童贞的那次，是跟他的辅导员，一个有家有儿子的三十几岁的少妇。辅导员老公在外地，孩子上学去了，家里没人，她把之前在宿舍私用电炉被捉个现形的李明叫去搞善后思想工作。谈的时候不知怎么就说到要换衣服，于是当着他的面，她脱下外套，露出两个紧紧包裹在内衣里的硕大乳房……他非常震惊，没想到不事修饰的她，方盘大脸长满雀斑的她，竟然藏着蛇精一般妖娆曼妙的身材……辅导员的肉味夹杂着香水，一起弥漫在整间屋子，笼罩了他。外面已经天黑，窗帘不知什么时候拉上了，李明能够听见自己的呼吸声……不知怎么搞的，他们就睡到了一起。她在床上依然做辅导员，卖弄着从影视作品里学来的过分戏剧化的温柔。他汗流如注，狼狈不堪，但备尝甜头。辅导员留着遮天蔽日的厚刘海，架着粗糙的黑框眼镜，面部算得上丑女，又有把自己越打扮越丑的本事，但在高潮来临前，她的体内却像钢钳紧紧攥住了他，令他如婴儿不愿离开母亲一般，依恋了她三四年。大学二年级开始，李明对父亲谎称在外勤工俭学，后来的一切开销，几乎都靠辅导员暗中承担，解放了他辛苦的老父亲。他就是她的面首,只是彼此并不挑破而已。他心里早知道,毕业了,这个关系就完蛋了,但他没想到那么快,那么绝。几乎还在毕业那年的暑假,他给她发短信便收不到回音了,他打电话过去她也不接。他猜测是因为自己考上了另外学校的研究生,距离她好几十里远,算两地分居了。直到工作后,他有次在新华书店看到一个男生提着塑料篮子陪她选书,才意识到自己的位子真的被人占了。他躲开他们,迅速离开了新华书店,好些天心中全是雾霾。尽管那时候,他已经跟第二任女友(也就是正式公开的女友、一起读研究生的一位女同学)分开很久了,跟辅导员的恋情还隔山打牛般反弹回来,扎了他一刀。

工作七八年,他也不是没试图追求过什么人,或者跟什么人相亲,但毕竟跟校园里的恋情不一样了,每次刚有苗头,女方就会涉及住房啊,收入啊,户口啊等等一系列问题,他对女性的兴趣立马荡然无存。这么多年来,他养成了自慰的习惯,每周两次,安排在周二和周六,用抽象的符号暗示性地写在墙上,为了肌

体的健康，严格执行着。他自慰的时候，想的
是风情万种的辅导员，而不是后来从没有过高
潮的女研究生，但现在，他开始想着茱莉亚自
慰，而且，次数超过了每周两次。确切地说，
有时一天两次都有。

E

五点的噩梦继续存在，李明继续不用闹
钟，也能在四点五十分准时醒来，心慌慌地等
着那个几秒的、不大不小的声音。

李明也想过下楼去蹲点，捉个现形，看谁
在破坏他辞去工作、预计前期一年或半年完全
无收入、全靠积蓄支撑的、代价不菲的全新生
活，但春天的夜晚毕竟有点料峭，也可能考虑
到一些别的因素，或者只是懒惰做祟，一周过
去了，他依然只是每天躺在床上，等待并且诅
咒那个声音。

李明租住这里已经三年多了，因怕跟邻居
走得过近，生活面临被关注和窥视的危险（其

实他的生活两点一线，没啥好保密的），一直
在楼道和小区碰到任何人都一低头就过去了，
现在却主动跟邻居打招呼，与他们攀谈起来。
"你听到每天早上五点的声音了吗？""你有
没有被五点钟那个声音惊醒？"他一个个问，
问了三四个，对方都使劲摇头，表示惊讶。"没
有呀，什么声音都没有。""我总是一觉睡到
大天亮。"等等。有个还带着恶意说："你去
医院看看，是不是脑供血不足。"李明没有找
到同类，非常气恼，他在心里给邻居们找到了
一个定位：一群蓝领。才消了气。

　　"是的，只有干体力活的才会睡得那么
死。"他咬牙切齿在家里自言自语，并决定从
此后再不跟他们说话。

　　声音在继续，李明也继续每天自动提前十
分钟醒来等着那几秒钟。十分钟在黑暗的夜里
被无限拉长，变成恐慌之上的恐惧。他能听见
自己的心跳，并且，那预料中的几秒来临时，
每次还是带给他加速度一般的猛击，仿佛意外
的大意外。

就在那个早晨，他躺在床上，狂跳着心仔细辨别那声音。先是"砰"的一声，然后是几秒分贝更小的窸窸窣窣，再然后有一两声清脆的类似玻璃瓶子碰撞的声音，紧接着，便是最后一声"砰"，结束李明每早的例行灾难。

天亮了，他起了床，昏昏沉沉胡乱吃了点东西，打开电脑，看茉莉亚或者别的人给他的私信。大约过了九点，他确定邻居都上班去了后，便穿好衣服，走下楼去，绕到楼房后面，穿进事发地的林阴道，走到他确定的声音源所在地，发现那正是与他们面对面的另一栋楼的一个单元门。单元门上挂着三个刚够塞进两个半磅奶瓶的铁皮箱，几步外的草地上，放着一个硕大的塑料垃圾桶。

他把声音"砰＋窸窸窣窣＋叮叮当当＋砰"的过程回忆了一下，瞬间确定，正是送奶工惊扰了他的美梦，损害了他的健康，夺走了他的幸福指数，甚至，还有可能如蝴蝶效应一样间接影响被他指导人生的无数人，比如茉莉亚——

真是害莫大焉。

　　那个门上有三个牛奶箱，分别属于三个厂家，不知道制造噪音的属于哪一个。看得出来，铁皮箱已经变形，可以想见那开头"砰"，最后又"砰"的声音，就是送奶工合不上箱子，使劲拍箱门的声音。

　　其中有家的送奶工在三年前李明刚搬来时，曾经上门推销。那是一个高大的中年男子，穿着质量中上等的夹克，但面皮上蒙着一层灰似的。开始，他用新鲜和价廉打动了李明。后者正要签单，这个男子却一直在旁边絮絮叨叨。他说出了一个重要信息，他原来在国营大厂上班（表示以前社会地位更高），后来因为肝脏不好了，才辞职来承包送奶。他的老婆协助他。李明不知道肝脏不好是不是患有乙肝的意思，心里一下觉得那些奶瓶上面都沾满了病毒。他受过高等教育，善于不当面给人难堪，所以就把笔推了过去，委婉说自己还要考虑考虑。送奶工劝了几句，又威胁了几句说以后要涨价什么的，李明完全不为所动，一口拒绝。送奶工有点失望，但还是试图软磨硬泡，他没话找话说："听口音，你是外地人？"李明说是的。送奶工就说："那你真是不错啊，能买这么好的房子。早点把老爷子接出来享福吧。"没想一句简单的话，却在李明脑袋里瞬间打了十八个转——对方说"接出来"，不说"接到这里来"，好像李明家人都关在监狱或流放在西伯利亚似的；第二，话里还有一种居高临下的态度，好像他们城市土著不管沦落到患了肝病或者送奶的地步，也比他这个硕士生牛；当然，话里还有别的一些信息，比如因为他反悔不订牛奶了，故意在夸赞祝愿的话下面，隐藏着一种轻蔑，或者侮辱：你这么能，怎么没把家人也接到城市里来？更或者，是直接提示他：你不订我的牛奶，高高在上，但你掩饰不了带着乡下口音的普通话（这正是李明在公司里总被姑娘们调笑的地方）和身上的乡土气质，还是被我猜到出处了吧；甚至，对方可能明知他是租住房子而故意说他买房，深度讽刺揶揄他。等等——李明用了一秒的时间，至少想了五百个字的内容。所以表面看起来，他愣了一秒后还击说："呵呵，我的父母不喜欢这里（其实他父母早在天堂了），他们嫌这里太脏太乱太差。"送奶工笑着说："是啊，我们这个城市就是没搞好。"李明感觉他说"我们这个城市"的时候，语气很重。李明不甘心又输一个回合，便赶着送奶工下楼梯的背影，补充了一句："你刚才说早上三点就要起来去领牛奶，肝脏不好不能这么干啊，半夜起来最伤肝，过不了几年可能就肝硬化了。"大大咧咧的送奶工一愣，好像也听出这句关心的话不太中听。他顿了脚步，侧头笑了两声，又下楼去了。

现在想到每天早晨竟是被送奶工吵醒的，李明马上做出了判断：不是另外两家的送奶工，一定就是三年前上门订奶那个。三年了，对方还是逮着机会报复他来了。

李明决心跟送奶工打一场没有硝烟的战争。

F

正好茱莉亚也没怎么来说她和舅舅不伦事儿的细节，李明对微博显得懒心无肠的，整天在考虑怎么对付那个送奶工。

开始的时候，他打算直接去铁皮箱上贴个条子，告诫送奶工声音小点，不要扰民。条子自然是匿名的，字也采用机器打印。胆小的李明高中时就喜欢匿名检举同学。他几乎不假思索就打好了一行字——请轻轻关合箱门，不要吵醒居民！

打印机"噗噗"吐出雪白的 A4 纸，他摘下来，用裁纸刀按照牛奶箱门的大小裁好，又找出卷双面胶，单等着午间（也就是小区最安静无人的时候），匆匆深入到林阴道深处那个单元门前，贴了就走。不知为什么，李明不想让任何人看见。善于应付各种考试的他，做事喜欢百无一漏。

等待午间来临的时间，显得意外漫长。他

登上微博，发了几条隐晦剽窃的心灵鸡汤，却没有等到茉莉亚的私信。任何人的私信都没有。他有点失望，又有点懒心无肠，吃不下东西，喝不下咖啡，只好躺到床上去，瞪着眼睛等贴纸条的时刻来临。

这一躺，没想又躺出问题来了。李明的思考如下：

假若送奶工的确是为了报复他，才在每天五点钟把箱门拍得"砰砰"的，又怎么会因为一张提示纸条而改变自己的行为呢？甚至，这张纸条或许还会暴露出李明自己，因为变相诅咒他肝硬化的应该只有他一个。假若送奶工知道李明应战了，或许会更加得意，更加把箱门拍得"砰砰"响，更加肆无忌惮，毕竟，这个小区都是蓝领，心脑供血充足得很，睡得跟死猪一样，没人会从床上惊醒弹跳起来主持正义。

李明分析完，腾一下坐了起来，三下两下把那张纸条撕碎了，扔进了字纸篓。他重新打开电脑，开始打印一份告状书，决定发给该牛奶厂的总经理。信的内容如下：

  总经理，您好，我们是建水塘小区的一群老年人，因身体衰弱，本来就长期睡不好，你厂送奶工却每天早晨五点钟故意把小区牛奶箱的铁门拍得"砰砰"响，吵醒我们。多年来，我们这群老年人每天都要少睡一两个小时。你们赚了一点小钱（现在订牛奶的人很少了，我们观察了一下，整个小区就二三十个牛奶箱，还不属于你一家的），却让我们一个小区的人为此付出巨大的失眠的代价。请加强对送奶工的教育。做企业，要讲社会公德，否则，老百姓如何相信你们的牛奶是安全的！

最后一句话隐含着威胁。本来后面还有两句，"若屡教不改，我们将把你厂奶农在饲料中添加抗生素的证据发布到网上（实际上他没有证据）"。鉴于先礼后兵的传统文化，也可能实际上是怕激怒总经理，李明把后面的一句删掉了。他百度好奶厂地址，准备给总部和营销部门分别寄送一封一模一样的挂号信，以求保险（他信不过世上所有的邮递员）。

这事儿不用等到午间无人时，马上就可以出门去做。没想到，李明刚要出门时，却又退了回来，他再次想起了一个漏洞。

李明走进里间，翻箱倒柜地找出一双手套戴上，重新打印了两封信以及奶厂总部和市内营销部的地址，轻轻捏着折叠，以免留下指纹。幸好家中先前就有没用完的信封（那是去年他匿名告发公关部经理时买下的一沓），他戴着手套把一切都密封好了。想到邮局可能会有摄像头，他又找了顶鸭舌帽戴上。他知道这次以后，那帽子是不能再用了，所以选了顶廉价的。用不用口罩令他犹豫，毕竟最近没有雾霾，外面无人用口罩。万一送奶工恰好有亲戚在邮局，能调看某天营业厅的录像就糟糕了，他必须做到万无一失，以免给自己带来任何伤害。

弄了半天，好歹要出门了，他又踅了回来，想起了另外一个漏洞——假若送奶工真为了报

复他的话，这封假冒小区老年人的信也会让他
猜到李明。又假如总经理生气了，告知奶站不
要送奶工负责建水塘小区的业务，也就是说他
失业了，没钱养家糊口，又患着肝病，光杆司
令一个，那么，他究竟会干什么呢——不用猜
了，送奶工一定会找上门，疯狂报复社会，把
他干掉。

李明推测到这里，吓得心跳怦怦，赶紧脱
掉已经穿好的皮鞋，坐回电脑旁，庆幸自己没
有轻举妄动，暴露自己。

怎么办？如何不暴露自己，又能阴险地换
掉送奶工？李明陷入了沉思。但他也害怕新的
送奶工做人更没准星。

茉莉亚的私信依然没有来，李明突然感到
无依无靠。这个星球一片荒凉，而且处处隐藏
着能把他搞得心惊肉跳的"砰砰"声。奇怪的是，
李明在白天精神非常安定，即便有飞机低空飞
过小区，他也不怕。到了晚上，别人家的电视声，
弹琴声、吵架声、犬吠声、大力关门声，他一
律无感，唯独怕那个不大不小的、隐隐传来的、

凌晨五点的"砰砰"声。

也是巧了。

白天他想一想那声音，心里都难免一惊，心脏猛然榨出一摊血。他感觉自己是多么需要茱莉亚啊。于是，他脱了衣服，钻进被窝，在黑暗的里面一边想着茱莉亚，一边自慰了一次，才感觉没那么害怕了。

G

茱莉亚没让李明失望，她的重口味故事细节，如涓涓流水一般，慢慢通过私信，输送渗透过来。她好像懂得好东西要细细品味的道理，每次都只写一点点（也许是时间和私信的格局约束了她），但又有什么关系呢，李明想要的，也是如举着红酒一般，举着茱莉亚的故事，舐吸、咀嚼、吞咽、消化、补益强壮自己，不再害怕那个声音。

开始的时候，舅舅不过是喜欢在那种时候不停地说污言秽语，每句都与生殖器有关。茱莉亚大胆地一句句打过来给李明看。后者屏住呼吸，假装离开了微博，任由女人袒露，几个小时候后才回复说："哦，不好意思，刚才有点急事离开了。"然后又追加一句："看起来，你舅舅的确有点变态。这些东西都影响了你日后的心理发育。"那边没动静。茱莉亚也许跟他一样，懂得适时失踪一下。

不知是有意还是无意，两个总隐身的人看起来在微博上老遇不到。她私信的时候他不在，他回复的时候她又不在了，好像上天在刻意保护他俩的羞耻心，因为私信里谈的东西太赤裸裸了，任意一方要继续话题好像都有点难堪。

茱莉亚的舅舅在后来的若干年里，几乎成为一个高明的编剧。他们的每一场历时半小时或者更短时间的诱奸（时间取决于茱莉亚的外婆每天上教堂去忏悔的内容多少——稀罕的是，他们那个小镇，竟保留着一幢解放前修下的红砖教堂，里面还有个不愿成家上班的中国男人自学教义充当神父——当然李明更稀罕的是茱莉亚的外婆一直没发现家中的乱伦事件，每天那么悠闲地定时去向上帝忏悔），过程全照舅舅编好的剧情上演，工具则随便利用，甚至有时连厨房的菜刀和勺子都会用上。比如说，舅舅若把茱莉亚编成一个妓女，而他则是来嫖娼的大爷，那茱莉亚就必须做出风情万种的样子勾搭他。舅舅在那种时候做出很难勃起的阳痿样子，这便增加了茱莉亚的难度。她必须使出浑身解数（女人详细地向李明解说了勾引细节与技巧），要比妓女更淫荡，要满嘴脏话，才能达到目的。假若没有达到目的，舅舅会用竹棍狠狠打她。后来，舅舅设计的剧情发展到了任何年代，任何身份，甚至发展到了外星人或者动物界，不管哪一种剧情，几乎都有同样的中心思想：他是大爷，而茱莉亚是奴隶。他必须在性交中肆无忌惮地蹂躏她的肉体和尊严。对肉体的糟蹋是悠着的，因怕留下伤痕被人发现，但对茱莉亚的尊严却无出其右地恨不得彻底碾碎。

　　奇怪的是，茱莉亚在被诱奸的第二年，算起来还不到十岁，就获得了很多女人终生没有的高潮，而且，越来越精于此道。这也是她后来一直无法去对舅舅的恶行报警的原因之一。

呵呵，茉莉亚已经忘记自己当初是来谈五十六个情人引起的奇怪抑郁症的，岔开主题在舅舅一事上谈了好些天。李明光看到这些奇特的故事——贯穿古今中外的时间和地点，人物也很奇特（舅舅有时甚至扮演杀猪匠或者高位截瘫的残疾人，有次还扮演茉莉亚的外公，也就是他远在天堂的亲生父亲）——早已经激动得难以自持。他越发想念未曾谋面的茉莉亚，想自己编个能超越她舅舅的剧情来奴役她。他也忘记自己的初衷是做个普渡众生的情感专家了。

有一瞬间，他甚至想，如果能成为茉莉亚第五十七个情人，他愿意放弃微博情感专家这个向阳的光明事业（人总是拿最在意的东西来默默向上天许愿）。

那时，茉莉亚却故意折磨他似的，突然在微博失踪了十来天，杳无音讯。

H

等待如此揪心,把时间扯成望不到头的线。李明白天微博的失意,及时地转化成了夜里更加频繁的自慰,以及,每天清晨四点五十分更加准时的苏醒,更加心惊地接受五点整延续十几秒的声音。

李明甚至感到了无与伦比的恐惧,犹如害怕步步逼近的大型兽群。那个送奶工,就是兽群之王。

他控制不住自己地,决定反过来向茱莉亚咨询。这手法也是一箭双雕,引得她出洞(假如她并没有因故离开微博而是一直在潜水的话),另一方面,也可以因袒露自己的弱点,调整双方在过去过于严肃的咨询指导关系,指不定,他们真的能成好朋友,能见上面。

李明是这样写的:

最近你还好吗?我想你那么聪明,一

定已经好起来了吧。实际上每个人活在世上，都有自己的烦恼。比如说我，也是凡胎肉体，也有不知名的精神障碍困扰着。我什么声音都听得，别人装修打电钻一天都无感，却独独听不得每天早晨送奶工打开关上奶箱的声音。那声音虽然微弱，对我来说，却好比广岛原子弹一般震撼。于是，我每天就这样惧怕晨曦，惧怕清早。有时候我想，如果我能在某个温暖的怀抱里入睡，或许我就不会害怕那个声音了。

信发出去了，却如小石子投入大海，没有丝毫波澜。李明等了大半天，仿佛等了大半个世纪。那个时候，他多么后悔当初自己绷着，没有主动试探能不能得知她的真实身份——当然，那么隐密的乱伦、群交、虐恋都说了，她还会说出真实身份吗——或者，他本来就该把自己本科和研究生时候的性事夸张了跟她说说，把自己的狼狈不堪增加几十倍来说，让她也以为逮住了他的隐私，他的懦弱，他的肮脏，他的致命短板……从而愿意跟他平等做朋友？

李明越想越后悔，干脆躺到床上去，用指头再次纪念了一下看起来业已失去的、见面的可能比风还渺茫的女人。他起身的时候，突然来了灵感，匆匆走到电脑前，打开微博，进入茱莉亚的主页，一页页看起来，希望通过蛛丝马迹找到她。

事情进行得非常顺利。茱莉亚虽然没注明地址，没提到自己公司，但在她四百多条养生美容情感微博中，有两条没隐去的地址自动暴露了她曾在金莉榭西餐厅吃过单人午餐（午间时间有限，那一定离她单位不远），又一条写电梯拥挤的微博暴露出她上班的地方在一栋高达五十层的大厦里。李明不用打开电子地图，也知道金莉榭附近只有一处这么高的楼，名叫世纪星大厦，因为几年前，他也曾经在那里上过班。可他也知道，世纪星里的公司多如牛毛，来来去去，在这栋楼里进行定位比在两三条街上寻找目标还要难。何况，茱莉亚并未透露自己在哪座哪层办公，只说看到电梯显示达到四十七楼时，她感觉等到它下来也不能按时赶到了。李明记得，世纪星的电梯分高低层，高层是从二十楼开始的，这样范围又缩小了。但世纪星并不是一栋楼，而是一个楼群，分ABCDE很多座，其中有办公楼也有住宅楼，也有不少公司把办公地点设在住宅楼里，可谓一个微缩的复杂社会。

李明继续研究女人的微博，可再也找不到有价值的信息了。茱莉亚是那种惯于转发、极少谈自己生活的人。

李明绝望了，只能寄希望于对方主动给他回信。假若她不回复，那就是真的再不愿意跟他联络了，即便找到她，他也没办法一亲芳泽。

"美好转瞬即逝，邪恶挥之不去。"这是李明在白纸上信手写下的一行字。写完之后，一个灵感突然涌上了他的心头。他确信自己找到了整治送奶工的安全妙法。

I

他刻意选择无人的午间办那事儿，却还是

遇到了人。刚在牛奶箱旁边的单元门上贴完打印纸的李明看到邻居后，略显尴尬。

原来，李明居住的那栋房子底楼的人开了个后门，与发出声音那栋门对门出入，看见他干张贴之事的恰好是前些时候被他调查过有没被声音惊醒的邻居之一。那对六十几岁的老夫妻，推出助动车正要出去。

李明只好应急说："你们要出去啊，赶紧来看看这篇文章吧。"老头很感兴趣，走了过来，凑近看着，然后问："原来你是卖牛奶的？"李明说："不是不是，我只是替大家着想，提醒下邻居。"打印纸上洋洋洒洒千把字，老头继续吃力地凑近看着，那边助动车旁的老太太一听"卖牛奶"三个字，立马警惕起来，一迭声地催老头快走。老头看了半截，架不住老婆大声催逼，只好离开单元门，跨上助动车走了，什么也没说。

李明回头看了下，自己在纸上是这样写的。首先，题目是大型黑体字，很惊人，叫做《救人一命，胜造七级浮屠》，白纸黑字贴在单元铁门上，一定能吸引进出楼道的人。文章首先说，多家媒体已经报道过国内牛奶有问题，请大家百度查看。然后又说，这些观点该不该相信呢？让我们从逻辑上来分析。首先，本地地处丘陵地带，没有大型牧场，牛奶厂的奶源来自农户的小型饲养场。每头牛的价格高达数万元，若要奶牛不生病，农户会不会昧着良心往饲料里添加抗生素？在这里，他用括号提出了一个思考题——你认为有多少中国农民的道德水准会高到自愿在饲料里不添加抗生素？他回答说，就算百分之九十九的不添加，剩下百分之一人的无良（其实他心里明白，所有人都会把这个比例倒过来选择），那牛奶里还是混入了抗生素，甚至还可能添加如媒体报道的牛尿、三聚氰胺等违禁品（这里他又故意模糊了读者的思维，没有提出添加物占牛奶总量是不是到可以忽略不计的程度，他知道邻居里没人会有他那种学者式的缜密思维，他们不会提出这个疑问），而这些添加物在收购现场能否检测出来？他用括号补充：实际上只能检测蛋白质浓度和细菌等简单指标。笔锋一转，他又说道，就算中国的奶厂全都有道德（高明地暗示大家去怀疑奶厂），奶源已经坏掉，后面再严格，也谈不上什么品质了。我们怎么办，究竟该喝什么奶才是安全的？过去，大家觉得喝外国奶是有钱人的专利，其实这是一个误解。外国奶一直在不停打折，有时比国产奶还便宜。不信你上下面这些网站看看，他们的货不仅不贵，还把牛奶送到你家里来（他提供了几个网站的地址，里面确实有些临期牛奶很便宜）。最后，他用大黑体字总结了一句：**为了你和你挚爱的家人十几年后不被绝症困扰，请现在就做出选择！**

他张贴完毕，想只要这个单元订牛奶的三家被吓住改喝外国奶，送奶工就没法用声音报复他了。他走出那条林阴道，准备去小区门口充充话费，却见一群人围在小广场上，看一个中年妇女捣鼓一台硕大的售卖机。他走过去一看，正是那个送奶工所属的厂家搞的，酸奶、鲜奶、奶饮品都有，据说每天换货，保证新鲜，只需要投入硬币、纸币、甚至用公交卡刷刷，产品就能自动滚出来。

李明感觉很诡异，挤到人群第一排，看着面色红润的中年妇女正在热情地给大家讲解怎么操作。他假装提出几个问题套磁，得到解答后，他突然问她："这么说来，以后不用订牛奶了？"那女人愣了一下，说："订牛奶？哈哈，去年就没有人订了。以前大家直接去超市买，现在增加小区无人零售。""这么说来，你们早就没有送奶工了？"李明不敢相信是真的。"去年就没送了。以后我管这个小区，要整箱的话可以打我电话。"那妇女递给李明一张名片，爽朗地回答着。

J

李明抓住机会，把这个意外的小故事通过私信发给茉莉亚，再次试图引美人出洞。茉莉亚那边却依然静如死水。他进入她的微博去研究，发现他找不到她之后，她的微博也没更新过了，之前旧微博有人评论，她也没有回复过。

李明拿出读书时候愚公移山的精神，一个个进入茱莉亚关注的两百三十五个除他外的微博账号中，看她最近有没有潜水上来给别人发评论，结果依然没有。

这事儿耗费了李明十几个小时的时间。到了第二天凌晨四点五十醒来等五点整的声音时，他感觉心脏像加大马力的水泵一样使劲挤压着内脏的鲜血。他想，再不捉出"凶手"，自己就要死去了。

太阳穿过姜黄色窗帘射到床上，日子是一天比一天暖和了起来。李明想，无论如何，睡眠要到达科学家要求的七小时，否则，人生的一切目标可能都无法实现。他躺在被窝里自慰了一会儿（遇到茱莉亚后墙上提醒每周两次的符号再也不管用了），完事后突然睡了过去，醒来后已经差不多十一点了。但他没把上午突然睡去的时间纳入七小时睡眠中，他想也许是最近跟并不存在的送奶工的斗争把夜晚五小时的睡眠的质量降低了，因此不能只看小时数。

李明起身穿好衣服，计划明天早上设好四点二十的闹钟起来，四点四十五分就要下楼，四点五十五到五点刚好到达林阴道，把那个声音的制造者盯个现形。

当天因为这个重要的等待，李明吃饭喝水都不香，啥事都没干，连微博上改头换面的心灵鸡汤也不发，只转了几则比较有趣的新闻。私信里依然没有人咨询他。现在的妇女都变精了，当她们中的一部分人被营养学家、仁波切、算命大师或者情感专家骗取钱财和身体后，对待免费咨询也变得慎重起来。李明有点愤怒，也更加感觉出了茉莉亚的可贵之处。

他思虑再三，又给茉莉亚发了条私信，讲自己明天早晨决定下楼亲自捉"鬼"。但他没讲细节，觉得过于琐碎会伤害自己的雄性形象。实际上，第二天早晨，李明是拖着一个拉杆箱、装成要去坐早班飞机的样子下来的。他扮旅人掐着时间下楼时，昏黄的路灯还亮着。他第一次这么早在小区里穿行，除了有点春末的寒意外，竟奇怪地有种意外的安心。心脏不榨血，很稳定的样子。那些植物与晨露混合的气味，令李明一下想到刚上大学那一年，父亲头天下午把他送到县城住宾馆，第二天凌晨把他送往火车站的时刻。过去现在外在不同，内里感觉几乎一模一样——难道世界上所有的早晨，都是相似的？！他暗暗问。

李明来不及琢磨，转角就走到了林阴道的口子上，从那里，可以清楚地看见每天早晨发出声音的地方，空无一人。他拿出手机，按亮看了看时间，没想已经五点过两分了。他心里一慌，想是不是刚才在楼道里，那个声音因隔着一栋楼的厚度，没被自己听到？这么说来，起这么早是白起了。

他正在愤怒与失望中沉浮，突然，右侧的另一栋楼前却传来了那个声音。他一转头，发现一个环卫工人正在收单元门前的垃圾。

谜底赫然摆在眼前——那神秘的声音，原来就是环卫工打开塑料垃圾桶的盖子，"砰"一声放下，塞塞窣窣掏出各种垃圾袋往垃圾车上扔完了后，又"砰"地一声，盖上桶盖。以李明的智商，瞬间也推测出偶尔夹杂其间的"叮当"声，一定是环卫工把垃圾袋里的瓶子择出来，准备拿去废品站回收卖钱的。虽然天光有点朦胧，又相隔二十来米，看不清环卫工的五官，但垃圾车的旁边额外挂着的几个大袋子，看得出鼓鼓的。

奇怪的是，在小区里听这声音，反而不如在家里关着窗户听起来那么大。小区里甚至能听见远处隐隐的汽车声、工地的机器声，甚至还有一些鸟在树枝间叫。环卫工发出的噪音显得很小了。"难道自己的耳朵是有选择性的？"李明感到诧异。他愣了一下，决定还是不打草惊蛇，便拖了拉杆箱，继续假装去坐早班飞机的样子。

到了大门口，李明侧头对岗亭里值班的保安说："怎么这么早就把环卫工放进来，搞得砰砰响，把一个小区都吵醒了！再这样下去，你们别想收到我的物业费了。"保安一听，赶紧站起来解释说："您有所不知，这环卫工是个滚刀肉，谁都不怕。之前有个业主投诉他垃圾没收干净，他一生气，几天不来小区做事。我们队长和物业主任几次三番给环卫所长打电话，所长反而护短护得很厉害，全帮着自己人。"李明就愤怒地说："还真搞邪完了，收垃圾的都骑到我们头上了！"他说完就意识到保安对此事不顶用的，便不再理他，出了门，站在马路边等的士，但他心里却突然想起初中的时候，父亲也在梨花镇收过垃圾。那时也没环卫所，只是托熟人找关系做做临时工，每家每月给父亲五元钱。

李明站在路边，眼眶有点莫名地湿润起来，为自己。那个保安却在几米远的岗亭里继续冲他背影说："现在环卫工不好找，他们比我们保安俏多了。"李明对他放人进来本来就很恼火，更加懒得回头理他。刚好一辆夜班的士过来，李明一招手，钻了进去，摇上车窗，说了世纪星的名字。他记得大楼底层有个大堂咖啡座，也卖过早餐的三明治。他想坐在那里，观察上班的人中，有没有自己想象中的茉莉亚。

没想到达到世纪星的时候，还不到六点，

大厦没开门。李明于是又叫的士把他送到旁边两百米外的通宵麦当劳去了。

他坐了下来，看到灯火通明的店堂站着两位服务员，另外只有两三个客人，其中一个跟自己一样，带着巨大沉重的行李，准备离开或者刚回这座城市的样子。

他点了一个汉堡，一杯咖啡，找了临街的角落，静静吃起来，眼睛却一直看着落地玻璃墙外路灯已经全部熄灭、人越来越川流不息的城市。

太阳从薄雾里慢慢升了起来。

等了好久的样子，他掐着时间起身出门，徒步去往不远处的世纪星大厦主楼。他已经记起来大堂咖啡厅是七点半供应早茶，他在那里消费过两次，可谓价格不菲。因了茉莉亚，什么都不算贵。他确信自己在人丛中，能够认出茉莉亚。奇怪的是，真要让他说出茉莉亚的年龄、发型、身高、五官什么的，他又一无所知。连基本类型都无法确定——热烈奔放？美艳如星？知性文雅？或者如辅导员一般，表面朴实却螺蛳有肉暗藏肚里？……哦，脑子一想，也如雾中芦苇荡一般混沌。他只是根据私信，判断她大约也该三十几岁。

K

那个早晨，李明唯一的收获就是知道了每天早晨五点整的噪音是一个谁都不怕的环卫工制造出来的。也知道了他不怕的原因是这样辛苦又收入低的工作，不担心会被人替代。"他对社会窝着火气呢，恐怕比那个得了肝病的送奶工还具有攻击性。"李明想，"我可不能随便惹他，得想个法子，暗地里解决掉他。"

他盘算着这些事情的时候，世纪星大厦已经开门了，门口穿着礼服的保安形同虚设，他拖着箱子坦然走了进去，没想刚走几步，却看见大门正对面的那个咖啡厅已经变成了茶叶铺。他停了下来，转身问保安："咖啡厅没有啦？"保安很茫然地说："什么咖啡厅？"李明心知他一定是没来几年或者几月，那个咖啡厅说起来，是很久以前的事了。

他走出来，正合计该站在什么地方观察业已稀稀拉拉开了头的上班队伍，不知为什么，却突然改变了主意。他感觉来来往往的人都非常诡异、精明而不怀好意地注视他几眼，但他又不能马上回小区，那显得太怪异，他便徒步走向这座城市最繁华的商业圈，决定下午再回小区。

那天不是个黄道吉日。李明这样认为并不仅仅因为没坐在大堂咖啡卡座观察到茉莉亚；或者环卫工是个烫手山芋；更因为逛了一天商场，看了两场电影，傍晚回到小区后，他竟然被业主委员会当做了犯罪嫌疑人。

事情的经过是这样的，李明清晨出去后不久，小区有户人家突然发生了失窃事件。具体被盗时间不明，但可以划定范围，户主不在家的时间只有一天一夜。也就是说，失窃发生在头天白天至李明拖着拉杆箱离开小区这段时间内。特别巧的是，户主跟一般住户略有不同，他是一个卖手提电脑的不大不小的私企业主，家中放有五台未开封的手提电脑和两万多元现金，失窃的就是上述东西。

正副物业主任是一胖一瘦两个大妈，当她们神情严肃地，耸着肩膀，夹着文件夹，带着秃鹫式的表情来敲门时，李明正躺在床上想念茱莉亚，继续用指头告慰人生。他一边做着美事，一边悲观地发现：无论写检举信去晚报，或者环卫所上级部门，恐怕都无法赶走那环卫工，因为该岗位没人肯接替。各级领导和广大人民群众必须看着环卫工的脸色过日子，跟大多数人捧着哄着保姆一样，跟微博上把他们大多宣传成被欺凌的对象恰好相反；而且，若门口的保安秉承着多嘴多舌的习惯，可能已经把他的身份透露给环卫工了，他李明就算悄悄从楼上砸点鸡蛋什么来威吓他，或者写纸条贴在垃圾桶上提醒轻点什么的，可能都会引起他反感，惹祸上身。

李明那个悔哟，啥事没干成，反把自己暴露了。这个时候，门铃惊炸鼓响，如尖刃狠狠刺伤过分耽于内心和肉体感受的李明。

李明很气恼，没有洗手就接待了两位大妈，并且坏着心眼，过于正式地跟她们使劲握手后，才把她们招呼到餐桌旁边坐下。

谈话没进行到五分钟，李明就弹跳了起来，气急败坏呵斥她们。尽管两位大妈谈话很艺术，先夸赞李明的房间布局简洁（其实他是按照办公室的方式布置的，以减轻打扫工作），又简单汇报了物业近期打算做的供水、安保等方面的改进，然后，她们就开始盘问起他当天一大早出门去干什么了。大妈们准确地说出了李明在外面共呆了十二个小时左右，李明感到被窥视了，不禁勃然大怒。他明确告诉大妈们，这是侵犯人权的。物业管理是做好后勤，不是监视住户，更不是上门打听隐私。大妈们赶紧给他道歉，说没有人监视他。知道他今天出去进来的时间，是因为派出所一整天都在调看小区监控录像。而且，大妈们不是独独上他一家的门，所有非业主的租住户，她们都要拜访一遍（据说是警察给的任务）。然后大妈们就说出了那个失窃案的蹊跷之处，说警察怀疑小偷就住在本小区，才那么清楚失窃者的职业以及不在家的时间。大妈们说："李先生，您知道的，现在小偷都清楚家里没现金和值钱的东西了。您看，您出去一天，他们也没来，但他们却清楚那家人的一举一动。"

李明一听一想，气慢慢消了。他拿出挎包，找出自己白天在外看电影和吃饭买饮料什么的票据，摊在桌上给两位大妈看。他一直有不随便丢票据的习惯，总怕别人窥视隐私，没想到它们竟能证明他过着非非法的一天。

大妈们看着桌上的东西使劲点头，又拿出文件夹记录着什么。

李明正要收起花花绿绿一堆纸片时，突然发现有个大妈们没想到的疑点还需要解释清楚，就是他为何那么早出门，拖着行李，却没远行，反去商场吃喝玩乐的事儿。他可不想把捉环卫工这件事说出来，于是补充说："我失业了，本想出去旅游散心，出门后感觉有点感冒发烧，就没去买机票，直接在市区逛逛算了，长途旅行变短途闲逛，呵呵。"一听"感冒"二字，两位大妈本能地往后缩了缩身子，马上合上文件夹，站起来安慰了几句，便离开了。

李明送她们到门口，再次主动热情、过于正式地跟她们握手告别。

"吃完药喝点姜汤。"比较瘦的那位大妈慈祥地叮嘱了一句。

L

李明本想给人开解情感之结，没想到，茱莉亚和环卫工竟成为了他的两个结，并且有慢慢长大为肿瘤的趋势。

他用各种方法偷偷监视着那个环卫工，发现他除了凌晨四点到五点要来小区收垃圾外，上午和下午还要来一次。上午和下午呆得更久。他大多数时候会把垃圾车拖到围墙边的小树林里，散开一个个垃圾袋，翻找里面能够做废品卖的东西，把建水塘小区当做垃圾分拣站。

李明发现这些后，并不感到愤怒，反而动了点恻隐之心，想那个环卫工的日子委实不易，若到环卫所或者上级有关部门甚至新闻媒体反映他制造噪音、影响大家休息的行为，估计他会比送奶工更加偏激地报复社会。穿皮鞋的惹不起穿草鞋的。李明知道。忍？还是搬家？他陷入了沉思。尤其那个小树林与居民楼相隔几十米，又不在进出小区的必经路上，他发现了这个小秘密，也假作不知。

当时李明站在小区里，使劲吸了吸鼻子，感觉空气中确实没有环卫工翻拣垃圾带来的臭气。那个气味于他来说，是非常熟悉与敏感的，整个初中时期，父亲几乎都带着垃圾味晃动在家中。

"那就忍到大半年后的本次租约截止算了。"他感到绝望中有点希望。

连带地，李明对 @人肉树洞阿明 那个微博也有点懒心无肠了，因为 @美人茉莉亚 看起来真的成为僵尸号了。之前宏大的情感专家理想如有了砂眼的气球一样，一天天逐渐萎缩下去。李明甚至又想出去应聘了。

他一边漫无目的地翻看各种求职网站，一边乱七八糟想着事情。突然，他的手停在了鼠标上，一动不动半天。

李明起身给自己煮了一壶咖啡，兴奋地牛饮，然后，他再次爬上微博，给茱莉亚发了一封信：

> 茱莉亚，你在吗？我想下午到世纪星大厦来找你。我三点整在主楼大堂等你，直到四点整。我穿灰色圆领T恤和棕色休闲西装，戴无框眼镜，理小平头，提着手提电脑。我想告诉你一个惊天的、不能告诉任何人的秘密，这个秘密可能会整个儿地改变本市甚至全国的安保系统。因这个秘密太重大了，涉及我自身的安全，必须慎之又慎，所以我需要一个真正的挚友给我出出主意，如何选择下一步行动细节。只有你才具备这种善良与高智商！网络不安全，我必须跟你面谈。

李明写完后，以自己学霸式的缜密思维发现最后一句是个矛盾，不知茱莉亚能否看出来。但他为了见到她，一切漏洞必须忽略不计。

他又追加了一条私信，写的是自己的手机号码，怕自己下网后，她联系不上他。

李明花了几个小时的时间捣鼓自己。他洗了澡，洗了头发（其间开着电脑，几次点开私信看回复——没等到，一片空白），把自己弄得一尘不染，算着时间出了小区。开始他运气很好，坐上了一辆没几个人的公汽，找了尾部临窗的座位看风景，一路走一路遐想，但没走几站，却遇到了堵车，三五分钟后，司机和乘客都在抱怨红绿灯设计不合理，政府是吃屎的，唯有他安如泰山。实际上，为了确保不迟到，他十二点刚过就出门了。这个时段乘客少，而且有近三个小时去走原本仅需大半小时的路程。他从学生时代起，就有坐公汽寻找灵感的习惯。当年有些写不出来的文章，他坐着公汽环绕校园跑几圈，什么都给想了出来。

此刻，外面立体而乱七八糟建设着的高架

桥、五颜六色的各型交通工具，密密匝匝面目模糊的路人，都与他无关，他眼睛看着窗外，心里想着茱莉亚。

就在这天早上，他猛然记起，一年多来本市的报纸常报道入室盗窃的案件，因他委实没啥家当，所以也不太在意，往往看个标题就滑过。但在一胖一瘦两位物业主任上门调查情况后，他也冒出个闪念：究竟是谁盗走了邻居的手提电脑和两万元现金？目标和时间掐得那么精准！警察和物业都认为，小偷就住在小区里，就隐藏在大家身边，貌似集团化专业化作案。

李明没感到害怕，他确实没任何东西可以让那些个集团感兴趣。快到设计寿命的电视机洗衣机什么的，送给小偷也不会要，运输搬运费超过了它们的价值。他就是抱着这样轻松的、似乎并不太在意的心情，偶然看到论坛上有人提到，附近派出所辖区一年的入室盗窃案件多达两百余起，大多是小偷小摸单独进入干小票，但也有部分是团伙盗窃。前者损失不大，后者目标精准，专干大的。文章还透露建水塘旁边的另一小区，有个业主傍晚出去散步半小时，回来就发现家里的保险箱被运走了，情节简直跟美国大片一样刺激。据说那个业主是干部，失窃后不愿提具体损失。

李明就是在那个时候灵光一现的。以他经验，即便门对门住着，也不见得能清楚知道对方身份，家产以及出入时间，何况小偷入住小区前，并不见得能知道目标对象是谁，也不一定可以租到能观察目标对象行动的房子，那么，他们又是靠什么如此精准地知道目标信息的呢？李明想起那个环卫工躲在小树林里，一袋袋解开垃圾，寻找可回收变卖的废纸和玻璃塑料橡胶等物的情景——假如，他并不仅仅是在寻找废品变卖补贴家用，而是顺便寻找业主信息，提供给犯罪集团呢——那些小票、账单、尤其姓名和电话俱全的收货单……任何有文字记录的东西，全部打包卖给犯罪集团，再由专业人士拼凑，一旦发现大目标，就入住其附近的房屋，窃听其手机，掌握其行踪，内外照应，保准百分百成功。

"如果我是老大，我会怎么做呢？"李明在屋子里徘徊着思考。他想他会训练安插甚至威胁收买一批环卫工作为信息员。每个环卫工掌握着好大一个片区，如此下来，整个城市就非常准确完整地掌握在犯罪分子手中了。

整个城市，无一遗漏！

李明想到这点后，非常兴奋，这就是他为何在私信里说出那么振聋发聩的话给茉莉亚，以至于看起来像绕妹仔的谎言。他顺着该思路越想越兴奋，想全国的盗窃集团或许就是靠环卫工结成一张精准信息网络的。如果他破译了，就是全国人民的功臣。当然，他并不需要别人知道这功劳，也不想要奖金，只想匿名告诉公安局。他怕公安局有内鬼出卖他，那么全国的犯罪分子会把他打成蜂窝煤（这情景是他从电影上看来的），但他可以借此头脑风暴的硕果，赢得茉莉亚的钦佩，并且，将每天影响他睡眠的环卫工（也就是盗窃集团的信息员）绳之以法——哼，怪不得大家说他很拽，滚刀肉似的，连环卫所长都护短（对了，李明插入一个念头，或许环卫所长也是犯罪集团的，甚至，整个环卫系统都被犯罪集团控制了）——他吓出一身冷汗，也激动出一身冷汗。两种冷汗害得他出门前洗澡的时间，比平时延长了一倍。

他是带着这样盛大的秘密，又带着假装谦虚的心来等候茱莉亚的，他想，她一定会明白，这比捧着九十九朵玫瑰来求爱，更有分量。

公汽在到处施工的路上不断颠簸，再加上午间的瞌睡虫在空气中乱飘，李明越发昏昏沉沉，到了快下车的时候，几乎睡过去。

实际上，读者诸君可能猜到了，茱莉亚不会来。一是因为她这么久没理李明，可能真的不怎么上微博或者废弃这个微博账号了，甚至，茱莉亚也许就是一个闲得无聊的心理变态的男人，专门找李明口淫来的（这种人在微博多了去了）。当然，从她（他）的微博之前耐心发了几百条又停了来看，口淫者不会做这么多前戏，更可能的是茱莉亚废弃微博，或者有事不能上微博了。再一个，即便茱莉亚的心思不纳入上述范围，恰恰在这个时间段看到李明私信的概率，也微乎其微。

聪明如李明，何尝不会这样推理呢？他早推理好了，但却不可遏止地需要自己优雅地站在世纪星大厦的大堂里，巴巴从下午三点等到四点整。这个时间段，正是大家干工作的高潮期，几乎没几个人从大堂经过，尤其没有漂亮女人。

四点刚过一分钟，李明立马离开了大楼，往外面走去，一刻也不愿再停留，像来接受必经的某种仪式。他走出大门，对着保安礼貌地点了点头，又抬头看了看蓝天白云。那个时候，他终于明白了，他来这里站岗似的站一个小时，不是站给茉莉亚看的，是来站给另外一个自己看的。

除此之外，他也突然记起来，自己当年在世纪星大厦上班的时候，还没有微博这种东西，却有个特殊 QQ 小号（不加熟人的，专在无聊时招惹陌生男人过过口淫干瘾的），名字就叫做"美人茉莉亚"。这个小号后来被病毒盗号了，他就弃之不用，并且彻底忘记其账号以及密码了，找都找不回来。

"也许是一个巧合，也许是一个跟量子物理有关的科幻故事。但，那又有什么关系呢？"李明想。

他带着一种轻快的心情，一种割掉了肿瘤的释然，打的回到小区时，还不到五点整，那个环卫工正好在他住的那个单元的门前收垃圾。不知为什么，他想也没想，突然很勇敢、很即兴地走了上去，主动问起早晨五点整的声音的事儿，他嗔怪对方每天都把他吵醒了，还把他的孩子也吵醒了（为了增加同情感，他捏造了一个正在读小学的孩子）。李明声音比较平淡，并不质问恼怒的样子。环卫工很吃惊，说自己已经很小心了。环卫工还说，他也有两个孩子，一个读初中一个读小学。他甚至说出了孩子的学校和班级，并且说自己也很怕噪音影响孩子，说他们居住的南院小区附近的建筑工地一打桩，他的老大就思考不出几何难题。

环卫工的态度非常温和，完全不像保安说的"滚刀肉"，也不像李明之前想象的犯罪集团的"卧底"（尤其他还有两个孩子，过的是正常人生活）。李明不知说什么才好，感觉现实世界如一张白纸，所有谜语的答案，几乎永远不会自动呈现出来——人是如此无能为力——他是犯罪分子？他不是犯罪分子？李明永远不会知道——不像小说或者影视作品，最后一定会解决所有问号。

太阳很沉静，空气也凝固不动，似真实也似虚幻。李明最近知晓的一些科学研究成果，几乎一致认为，他所感知的只是现在这个肉体频道能够接收的，与存不存在无关。也就是如佛教说的大脑制造了整个宇宙。那么，他的大脑为什么要设计出环卫工与犯罪集团、茉莉亚与失去的 QQ 小号如此奇怪的故事呢？这种故事究竟是他的肉体频道选择的，还是宇宙中的谁强行给予他的——继续深想，越发头痛，而且，他又感觉到了一点心慌。

一只手使劲捏着他的心脏，榨血！猛地榨出一摊，溢满胸腔。当然，只是一种感觉。那边环卫工已经在点头哈腰说结束语了，他说您呀放心，我明天早晨保证注意，一定注意。

　　"那就谢谢了。"李明说完，转身走进单元，轻轻合上铁门，又暗中检测式地推了推锁，然后，他慢慢走上楼梯，有种暂时失去目标的茫然。

　　腿很软。

图书在版编目（CIP）数据

城市八卦/奚榜著.-上海：上海文艺出版社.2017.6

（小文艺·口袋文库）

ISBN 978-7-5321-6256-7

Ⅰ.①城… Ⅱ.①奚… Ⅲ.①中篇小说－小说集－中国－当代

Ⅳ.①I247.5

中国版本图书馆CIP数据核字（2017）第109836号

发 行 人：陈 征

出 版 人：谢 锦

责任编辑：方 铁

封面设计：钱 祯

书　　名：城市八卦

作　　者：奚 榜

出　　版：上海世纪出版集团　　上海文艺出版社

地　　址：上海绍兴路7号　200020

发　　行：上海世纪出版股份有限公司发行中心

　　　　　上海福建中路193号　200001　www.ewen.co

印　　刷：山东临沂新华印刷物流集团有限责任公司

开　　本：760×1000　1/32

印　　张：5.875

插　　页：3

字　　数：74,000

印　　次：2017年6月第1版　2017年6月第1次印刷

ISBN：978-7-5321-6256-7/I.4990

定　　价：25.00元

告 读 者：如发现本书有质量问题请与印刷厂质量科联系　T:0539-2925888

小说